U0916972

文学馆 林贤治 主编

Unamuno's
works

Azorin's
works

Jimenez 's
works

…

纸上的伊比利亚

西班牙文学选集

〔西班牙〕弗朗西斯科·克维多 等著 范晔 等译

SPM 南方传媒 | 花城出版社
中国·广州

图书在版编目（CIP）数据

纸上的伊比利亚 ：西班牙文学选集 /（西）弗朗西斯科·克维多等著 ；范晔等译. -- 广州 ：花城出版社，2019.1（2023.10重印）
（文学馆 / 林贤治主编）
ISBN 978-7-5360-8572-5

Ⅰ. ①纸… Ⅱ. ①弗… ②范… Ⅲ. ①文学—作品综合集—西班牙 Ⅳ. ①I551.11

中国版本图书馆CIP数据核字(2018)第258509号

出 版 人：张 懿
责任编辑：陈 川
技术编辑：凌春梅
装帧设计：林露茜
制作总监：蒋 波
发行总监：田峰峥

书 名 纸上的伊比利亚：西班牙文学选集
ZHI SHANG DE YIBILIYA：XIBANYA WENXUE XUANJI
出版发行 花城出版社
（广州市环市东路水荫路 11 号）
经 销 全国新华书店
印 刷 北京通州皇家印刷厂
（北京市通州区张家湾镇皇木场村）
开 本 880 毫米×1230 毫米 32 开
印 张 9.25 2 插页
字 数 190,000 字
版 次 2019 年 1 月第 1 版 2023 年 10 月第 2 次印刷
定 价 49.80 元

如发现印装质量问题，请直接与印刷厂联系调换。
购书热线：020－37604658 37602954
花城出版社网站：http://www.fcph.com.cn

目录 contents

爱 AMOR

死 MUERTE

眼睛 OJOS

声音 VOZ

梦 SUEÑO

夜 NOCHE

肖像 RETRATO

风景 PAISAJE

吉诃德 QUIJOTE

余韵 CODA

爱　AMOR

古民歌十一首

I

我的主人伊普拉辛
啊，甜蜜的名字！
到夜里来找我；
如果不，你不愿意
我就去找你。
告诉我在哪里
能见到你。

II

你要是爱我对我好
就吻我，这一串珍珠

嘴唇的樱桃。

III

我不要朋友
除非那个黑小子。

IV

母亲，看我的朋友！
金色的长发下
雪白的颈子
鲜艳的嘴巴。

V

我不睡觉，母亲，
我要等到天亮：
美丽的阿普勒卡辛
晨光的脸庞。

VI

母亲，我该怎么办？
我的朋友在门前。

VII

你说：我该怎么办？
我可怎么活？
我在等我的朋友
为了他死也愿。

VIII

美丽的阿萨巴，
告诉我：你从哪里来？
我知道你爱上了别人
我你已经不爱。

IX

我不要戴什么项链，母亲，
我穿上衣服就好。
我主人将看到我雪白的颈子
他就不再爱珠宝。

X

因为吻了你，亲爱的，
我妈妈将我斥责：
把那个吻还给我。

XI

我会怎样爱你——
只要你
把我的脚镯和耳坠
挨在一起!

范晔 译

致沙漏中一位爱人的骨灰

弗朗西斯科·克维多

你，多幸福！在自家骨灰里炫弄
灵魂中不死的情思；
既然爱情是无尽的行止，
你让岁月与你永恒的热望趋同。

时间已死，时序向你屈从，
你罢黜它的统治，
按温柔胸口的痛苦衡量小时，
按你造就的永福衡量分钟。

哦奇迹！奇中又奇！
自然界的种种规条

你凭永恒的运动打消。

你是自己的目的地：
以年日，以小时，以分秒，
你的爱情再无终了。

范晔 译

弗朗西斯科·克维多（Francisco de Quevedo，1580—1645），西班牙巴洛克时代的著名诗人。用爱人的骨灰做成沙漏，是西班牙诗人心爱的题目。

《诗韵集》三首

古斯塔沃·阿道弗·贝克尔

XXIII

为了一个眼神，一个世界；
为了一个微笑，一个天堂；
为了一个吻……我不知道
该给你什么为了一个吻。

XXI

诗是什么？你说着
蓝色的眼波映在我的眼波。

诗是什么！你在问我？
诗……就是你。

XXII

你让它挨着心房
那玫瑰怎能存活？
在世上我从未见过
花朵挨着火山生长。

范晔 译

古斯塔沃·阿道弗·贝克尔（Gustavo Adolfo Bécquer，1836—1870），西班牙浪漫派诗人。《诗韵集》（*Rimas*）在诗人生前并未得到重视。直到一个世纪之后，马查多、希梅内斯、洛尔迦等诗人对其推崇备至，《诗韵集》成为西班牙诗歌史上印刷版次最多的作品之一。贝克尔还著有《传说集》《致一位女士的文学书简》等。

诺言

古斯塔沃·阿道弗·贝克尔

一

玛卡丽达垂着头，双手捂着脸在哭，她无声地啜泣，眼泪静静地顺着她的脸颊流到手上，滴落到土地上。

佩德罗在她身旁，时不时抬起眼睛看她；当看到她在祈祷时，便又垂下眼睛，陷入深深的沉默。

四周的一切都静默着，似乎以此表示同情他们的痛苦。田野里的各种鸣籁都停止了，晚风入睡了，黑暗开始包围了河边树林里茂盛的树木。

几分钟的时间就这样过去了，夕阳落山之前洒在地平线上的余晖也已经被抹去，月亮慢慢升上黄昏时分紫红色的天际。那些大星星一颗接一颗地出现了。

终于，佩德罗打破了缄默，他仿佛在和自己说话似的，用嘶哑而断断续续的声音，高声说道：

“这是不可能的……不可能！”

然后，他靠近那个伤心的姑娘，拉着她的手，用更加亲切而温柔的语气说：

“玛卡丽达，对于你来说，爱情就是一切，你除了爱情，再也看不到别的了。但是，还有某种东西和我们的爱情一样值得尊重，那就是我的责任。我们的领主戈玛拉伯爵明天将离开他的城堡，集结他的军队，与费尔南多国王的军队会合一处，去把塞维利亚城从异教徒手中夺回。而我应该随伯爵出发。我是个来历不明的孤儿，没有名字，没有家庭，我的一切都是伯爵给的。我在闲暇平静的日子里为他服务，我在他的房子里睡觉，在他的桌子旁吃饭。如果今天我离开他，明天当他的战士们从城堡的大门结队出发时，会因为没看到我而惊奇地问：‘伯爵最宠爱的侍从官在哪里？’而那时我的领主就会因羞愧而一言不发，而他的侍从们和伯爵府邸中的小丑们就会嘲弄地说：‘伯爵的侍从官只不过是个纸上谈兵的美男子，一个只会摆花架子的武士。’”

听到这里，玛卡丽达抬起饱含泪水的眼睛凝视着情人的眼睛，嘴唇翕动着仿佛要和他说话，但是她的声音哽咽了。

佩德罗用更加柔和而循循善诱的语气说：

“别哭了，看在上帝的分上，玛卡丽达。别哭了，因为你的眼泪使我难受。我将离开你，但是我在为我平庸的名声赢得稍许光荣的功绩之后就回来……上天会保佑我们的神圣事业的。我们将收复塞维利亚城，国王会把瓜达尔基维尔河岸上的封地赐给我们这些功臣的。到那时，我就回来找你，然后我们将一道住在阿拉伯人建的天堂之中。据说，在那里连天空都比我们卡斯提里亚的明净、蔚蓝。我会回来的，我向你发誓。我会回来庄严地履行我在把这枚戒指——诺言的象征——戴在你手指上的那天许下的话。”

“佩德罗！”于是玛卡丽达控制住自己的激动，用坚定不移的声音大声说，“去吧，去保持你的名誉吧。”她说了这句话，最后一次扑到她爱人的怀抱里，接着用低低的哀婉的声音说，“去保持你的名誉吧，但是，要回来……把我的名誉带回来。”

佩德罗吻了吻玛卡丽达的前额，解开了拴在河边一棵树上的马，马顺着杨树林中的道路疾驰而去。

玛卡丽达注视着佩德罗，直到他的身影融入了暮霭之中。她已经看不见他了，于是慢慢地转过身朝着她的哥哥们待着的地方走去。他们在那里等她。

“穿上你最漂亮的衣服，”看见她走过来，其中的一个哥哥对她说，“明天我们和村里所有的乡亲们去戈玛拉看伯爵，他要出征安达露西亚了。”

“对我来说，去看那些也许不会回来的人出征，我并不快活，而是伤心。”玛卡丽达叹了口气，回答说。

“不过，”另一位兄弟坚持说，“你必须和我们一道去。你必须打扮得漂漂亮亮的，高高兴兴地去。这样，村里人就不会造谣说你在城堡里有情人，而你的情人要去打仗了。”

二

黎明的曙光刚在天空出现，在戈玛拉一带的田野就开始响起伯爵士兵们高昂的军号声，回乡的村民们成群结队地来了，他们看见在城堡最高的塔楼上，领主的大纛旗迎风招展。

一些人坐在护城壕的边沿上，另一些人爬到树上，有的人在平地上徜徉，有的人站在小土丘上，离得最远的人，沿着大道一字排开，组成一道人墙。好奇的人们已经等了一小时了，要看看壮观的场面，其中有些人等得不耐烦了。这时，号角又吹了起来，吊桥的铰链哗啦啦地响了，铁栅栏抬了起来，通向演武场的沉重大门在门轴上轰轰地转动着，完全敞开了。

人群蜂拥到路两旁的斜坡上，为了按照各自的心愿，看一看戈玛拉伯爵随从们耀眼的甲胄和豪华的马具。伯爵在整个这一地区是以其富丽的排场和财富而著称的。

传令使者们阻断了队伍的前进，他们不时地停下来，在鼓声的伴奏下，高声传达国王的圣旨，圣旨命令各个未被占领的市镇为他的军队让开道路并提供帮助，命令领主们投入反抗摩尔人的战争。

在传令使者后面出现的是宫廷先导官，他们穿着丝质的十字褡，佩着绣金彩饰的族徽，戴着嵌有艳丽羽毛的帽子，一个个神气活现。

后面走来的是伯爵府的首席侍从官，他全副武装，骑着一匹枣红马，高擎着贵族的大纛旗，旗上绣着徽章的铭文及其他。在他左面是领主手下的死刑执行者，他身穿红黑二色的服装。

跟在首席侍从官后面的是足有二十多人的那些有名的号手，他们来自平原地区，在我们国王的编年史作者的笔下，这些号手以其神奇的肺活量而著称。

当号手们高昂的划破天空的号声停息了，开始传来一阵阵整齐划一的有节奏的鼓声，这是近卫军步兵，他们肩扛长矛，人人手持椭圆形皮盾。在他们的后边很快出现的是工匠们，他们拿着各自的工具，还有梯子；接着是负责攀登的匠役和赶骡的脚夫们。

然后，在马蹄扬起的烟尘中，城堡的武士们纵马而出，他们排成宽列，铁护胸甲闪闪发亮。从远处看，这队人马犹如一座由枪戟组成的森林。

最后，在骑者用马衣和羽冠装饰的高大骡子的鼓手后面，在伯爵府的侍从官们的护卫下，被身着绣金绸衣的侍仆们簇拥着，伯爵本人出现了。

一看到他，人群发出一阵铺天盖地的欢呼，向他表示敬意。在一片混乱的人声大潮中，一个女人的喊声被淹没了。在那一刻，那个女人仿佛被雷电击倒了似的晕倒了，倒在几个赶上来救助她的人的手臂中。她是玛卡丽达。玛卡丽达认出了她那个神秘的情人就是那位地位最高、最令人畏惧的戈玛拉伯爵老爷，卡斯提里亚王国最高贵、最强大的领主之一。

三

费尔南多国王的军队在离开科尔多瓦之后，一路行军来到塞维利亚城。在此之间，在埃西哈、卡尔莫纳和阿尔卡拉·德尔里奥·瓜达伊拉等地已经与敌人交了手。最后这座著名城堡刚被攻克，国王的军队立即在此扎下营盘以监视这一地区。

戈玛拉伯爵在自己的营帐里，他坐在一张松木靠背椅上岿然不动，脸色苍白，样子很怕人，两只手交叉着放在长剑的剑柄上，两眼茫然地直视着空间，似乎他在看某个物体，然而，他对周围的一切都视而不见。

在他身旁侍立着他府邸中一位最老的侍从官，这是唯一能够在他那些阴郁忧伤的时刻敢于打断他的思索而又不引起他暴怒的人。老侍从官对他说：

“老爷，您怎么了？您被什么不幸的事情折磨着并且为此而憔悴呢？您去打仗时是一副痛苦的样子，回来时还是那样，甚至打了胜仗您依然如此。当所有的武士们都由于一天的疲劳而沉睡的时候，我听见您沉重的叹息。而当我跑到您床边时，我看见您在和某种折磨您的无形之物斗争。您睁开了眼睛，但您的恐惧感并没有消失。老爷，您怎么了？告诉我吧。如果是个秘密，我会把它藏在我记忆深处，就像藏在一座坟墓里。”

伯爵仿佛没听见侍从官的话。不过，在长时间的沉默之后，那些话语似乎在这段时间里慢慢地从他的耳朵流向头脑，而后他才一点点地摆脱麻木呆滞的状态。他亲切地招呼侍从官靠近，并用凝重而徐缓的语气说：

“我默默地忍受着极大的折磨。我觉得自己成了一种不存在的幻觉的牺牲品，到目前为止我一直由于羞愧而保持沉默。但是，不，这不是幻觉。我大概是被置于某个可怕的诅咒的控制之下了。也许是天国，也许是地狱，大约看上了我的什么，于是用这种神奇的方式告诉我。你还记得我们和奈布里哈的摩尔人在特里亚纳遭遇的那一天吗？我们的人少，战斗打得很艰苦，我陷入了绝境。你看到了，在打得最激烈的时刻，我那匹受了伤而且变得狂暴异常的马，向着摩尔军队的中心部位直冲过去。缰绳从我的手中脱落了，发狂的马驮着我向前奔去，结局是必死无疑的。摩尔人的骑兵封锁了路，其余的人把他们长矛的金属头抵着地，想用这武器来迎接我。无数箭矢在我耳边呼啸，马离我们要撞上去粉身碎骨的摩尔人的铁壁只剩下几步远的距离了，就在此时……你要相信我，这不是幻觉。我看见一只手，它拉住马笼头，用一种异乎寻常的力量勒住了马，带它转过身朝向我的士兵营垒的方向，就这样神奇地救了我的命。我向许多人询问谁是我的救命恩人，但是没人知道，没人了解，也没人看见。人们说：'当您向着布满长矛手的工事飞驰而去时，您是孤身一人，完完全全是一个人。所以，我们看见您回来的时候都感到惊奇，因为我们知道，战马已经不服从骑手的命令了。'那天晚上，我心事重重地走进我的帐篷，我无法从我的脑海中排除掉对那桩奇异遇险的回忆。但是，当我向床走过去时，我又看见了那只手，那是一只很美的手，洁白得近乎苍白。它拉开了帘幕，拉开之后便不见了。从那时起，每时每刻，在任何地方，我始终能看到那只神秘的手，它预知我的愿望，它能提前迎候我的行动。在攻占特里亚纳城堡时，我看见了那只手，它在指缝中夹住一支正射向我的箭，并在空中把它折断。在宴会上，我试图在浑浑噩噩中麻醉我的伤感时，我看见那只手为我斟酒。它总是在我眼前，无论我去哪里，它都跟着我：在帐篷里、在战场上、在白天、在黑夜……在此刻，你看它，你看它就在这里，轻轻地放在我的肩膀上。”

伯爵说完这最后几个字，站了起来，走了几步，仿佛神色恍惚了，仿佛被吓呆了。

侍从官擦掉了流在脸上的泪水。他相信他的主人疯了。但是他没有坚持阻止他的这些念头，而只是用发自肺腑的语气对他说：“来吧……我们暂时离开帐篷。也许傍晚的轻风会让您的头脑清醒，会减轻您的这种莫名其妙的痛苦，而对这种痛苦，我不知用什么话语来劝慰您。”

四

基督徒们的兵营遍布于整个瓜达伊拉的田野，甚至蔓延到瓜达尔基维尔河的左岸。在兵营的对面，矗立着塞维利亚城的城墙，两侧筑有带雉堞的坚固的塔楼，在光灿灿的地平线上十分醒目。翻越过雉堞的顶部，就能看到这座归化西班牙的摩尔人的城市里不计其数的花园所构成的一片青翠，在大块黑绿色的树丛间，闪耀着洁白如雪的楼台，清真寺的尖塔和高大的瞭望塔。在瞭望塔高耸入云的护栏上，在阳光的照耀下，四个巨大的球形金顶光彩炫目，从基督徒们的营地望去，仿佛是四团烈火。

费尔南多国王的事业在那个年代是一桩史诗般的英雄业

绩，所以能把伊比利亚半岛上诸多王国的著名武士们都召唤到他的周围，其中不乏来自遥远的异国的战士，他们被其声望所吸引，集合了自己的人马投到这位神圣国王的麾下。

放眼望去，在整个平原上布满了形状各异、颜色不同的营帐，在各个帐篷顶上，许多旗帜迎风招展，上面绣着各自的徽记，星辰、狮身鹰头兽、狮子、山峦、条纹，以及其他许许多多炫耀其主人的名声与高贵地位的图案与象征。在这座临时城市的街道上，到处都是川流不息的士兵们，他们说着各自的方言，穿着自己的民族服装，按着各人的习惯而武装，汇成一幅奇特而多彩多姿的差别巨大的画面。

这里，几位征战疲乏的领主在自己营帐门口坐在松木靠椅上休息，他们正在下棋。而侍仆们则在给他们用金属杯子斟葡萄酒。那里，几个步兵利用短暂的闲暇正在装饰和修理在最近一次战斗中被损坏的武器。再往远处，这支大军中最老资格的弓弩手在射靶，靶子上插满了箭矢，周围的人群发出欢呼声，为他们的熟练技巧而鼓掌。鼓声、号声、小贩的叫卖声、铁器相撞的声响、吟唱艺人们（他们用离奇古怪的故事来欢娱听众）的歌声，还有传令信使们的喊声，他们在宣读军团长们的各项命令，所有这些声音形成一片充斥空间的喧嚣，给这幅战争风俗画增添了无法形容的生气和热烈的气氛。

戈玛拉伯爵在他忠实的侍从官的陪同下穿过热闹的人群，他的眼睛仍然低垂着，沉默不语，忧心满腹，仿佛他对周围的一切都视而不见，听而不闻。他机械地走着，如同一个梦游者，他的心灵在梦境中躁动，他在动，他在走，但是他没有意识到自己的行动，仿佛是服从某个不是来源于自身的意志。

靠近国王营帐的地方，士兵们、小侍仆们和一些平民百姓围成了一个大圈子，圈子中心有个人正在用夸夸其谈的言词吹嘘他的商品，其余的人贪婪地听他叫卖，争先恐后地买那些便宜货。那是个怪人，又像香客，又像吟唱艺人。他一会儿用拉丁土语念一段连祷词，一会儿又说起俏皮话和粗俗的玩笑，在他那没完没了的笑话里（而那些笑话足以使一个弓弩手听得面红耳赤）掺杂着虔诚的祷词、流浪汉的爱情故事和圣徒的传说。在他肩上宽大的褡裢里有许许多多乱七八糟混在一起的各种各样的东西：有曾经在圣地亚哥的墓上放过的腰带；有写着希伯来文（据他说）的纸条，而纸条上的话是所罗门王在建圣殿时和临终时说的话，可以治疗所有的传染病；有能把被劈成两半的人黏合起来的神胶；还有缝在麻织小口袋里的福音书，能获得所有女人欢心的秘方，西班牙各个地区守护圣徒的遗物，小首饰，马具的饰链，腰带，徽章，以及形形色色的用玻璃、用铅做成的小玩意儿和炼金术的产物。

当伯爵走近由这个香客及其围观者组成的圈子的时候，这个流浪艺人正开始拨弄他的琴，那是一种类似班卓琴或阿拉伯独弦琴的乐器，在他说唱那些传奇故事时，就用这个乐器给自己伴奏。他从容不迫地一根根调好了琴弦，与此同时，他的伙伴正绕着场子从围观的人们身上已显干瘪的腰包里挖出最后几块钱币。于是香客开始用带有鼻音的嗓子唱了起来，歌谣的旋律很单调，每段的结尾总是同一个叠句。

伯爵靠近这群人，用心地听了起来。出于一种奇怪的巧合，香客说唱的故事的题目完完全全符合使他不能自拔的那些阴郁的念头。据香客在演唱之前所宣布的，这个段子叫作“死手的传奇”。

侍从官听到这个奇特的名称，便竭力要把他的主人从那个地方带走。但是伯爵两眼凝视着说唱艺人，一动不动地听着唱词：

（一）

姑娘有一个情郎，
自称是个侍从官。
侍从官对她言讲：
他将出发去打仗。
“你此去难以回转。”
“为你我定回故乡。”
情郎立誓气昂昂，
风儿在旁低语再三：
相信男人诺言的人儿要遭殃！

（二）

伯爵率领近卫队，
离开城堡去从军。
姑娘一眼认出他，
满腹凄楚地呻吟：
“可怜我丧失名誉，
伯爵已把它带去。”
风儿在旁低语再三：

相信男人诺言的人儿要遭殃！

（三）

她的兄长就在那里，
亲耳听到这些话语。
“你使我们受耻辱。”
“他对我立誓回故里。”
“若是他能返故乡，
再也不能见到你。”
薄命姑娘丧黄泉，
风儿在旁低语再三：
相信男人诺言的人儿要遭殃！

（四）

河边树林幽僻处，
姑娘遗骸已入土。
伯爵的戒指戴在手，
那手总是伸出来，
无论覆盖几抔土。
孤坟夜色更凄凉，
风儿在旁低语再三：
相信男人诺言的人儿要遭殃！

吟唱艺人刚刚唱完最后一句词，四周的人墙裂开一道缝，人们认出了伯爵，恭敬地为他闪开一条路。伯爵走到唱歌的香客面前，使劲抓住他的胳臂，用压低的嗓音激动问道：

“你是什么地方的人？”

“我是索利亚人。”香客镇定自若地答道。

“那么，你从哪儿学来这首民谣？这段故事说的是谁？”伯爵又高声发问，他的样子越来越激动不安。

“老爷，”那香客坚定沉着地盯着伯爵的眼睛，答道，“戈玛拉一带的村民们互相传唱着这首民谣的歌词，故事说的是一位不幸的女子，一个有权势的人残酷地伤害了她。上帝的最高审判允许在掩埋她的时候，她的一只手露在外面，因为那只手上有一枚她的情人给她戴上的戒指，那是他在对她立下誓言时赠送的。大概您会明白，谁该来履行自己的诺言。”

五

不久前，在一个贫穷的小村镇，在通往戈玛拉的大路旁边，我见到了据传曾举行过伯爵婚礼的奇特仪式的地点。

当时，伯爵跪在那座简陋的墓前，手握着玛卡丽达的那只手。由教皇授权的一位神父祝福了这种人与幽灵的结合，于是那种怪异的现象中止了，那只死去的手永远消失在了地下。

在几株古老而浓荫密布的树下，有一块小小的空地，每逢春天便长出鲜花，一片姹紫嫣红。当地的人们说，玛卡丽达就埋葬在那里。

朱凯　译

虾蟆

文森特·布拉斯科·伊巴涅斯

我的朋友奥尔杜涅说："我在邻近伐朗西亚的一个叫拿查莱特的渔村中消夏。妇女们都到城里去卖鱼；男子们有的坐了小的三角帆船出去，有的在海滩上扳网。我们这些洗海水澡的人呢，白天睡觉；晚上在门前默看海波像磷火一样的光芒，或是在听见蚊虫嗡嗡地响着来打扰我们的休息的时候，我们便用手掌来拍脸上的蚊虫。

"那医生——一个粗鲁而爱说俏皮话的老人——常常来坐在我的葡萄棚下，于是，手边放着一个水壶或西瓜，我们便在一起消磨整个夜晚，一边谈着他的那些海上的或是陆上的容易蒙骗的病人来。有时我们谈到薇桑黛达的病，大家都忍不住笑了。她是一个绰号叫作拉·索倍拉纳[1]的女鱼贩子的女儿。她母亲身体肥胖高大，而且惯用傲慢的态度来对待市上的妇女们，用拳头来强迫她们顺着自己的意志，因而得了这么一个绰号。这薇桑黛达是村庄上最美丽的少女！……一个棕色头发的狡猾的小姑娘，口齿伶俐，眼睛活泼；她虽然只有少女的娇艳，可是由于她的逗人的灵活的眼光，跟她那种假装怕羞和柔弱的机智，她迷惑了全村的年轻人。她的未婚夫迦拉伏思迦是一个勇敢的渔人，他能站在一根大梁上出海去，但是他的相貌很丑，不喜欢多说话，又容易拔出刀来。礼拜日他跟她一起散步，当那少女带着她的纵坏了的、忧伤的孩子气的媚态，抬起头来对他说话的时候，迦拉伏思迦用他斜视的眼睛向四周射出了挑战般的目光，仿佛全个村庄、田野、海滩、大海都在和他争夺他那亲爱的薇桑黛达。

“有一天，一个使人吃惊的消息传遍了拿查莱特。拉·索倍拉纳的女儿肚子里有了一个动物；她的肚子胀大起来了；她的脸色不好看了；她的恶心和呕吐惊动了全个茅屋，使她失望的母亲哀哭，又使那些吃惊的邻近的女人们都跑过来。有几个人见了这种病，露出了笑容，‘把这故事去讲给迦拉伏思迦听吧！……’可是那些最容易疑心别人的人们，在看见那渔人——他在这件事发生以前还是一个外教人，一个骇人的渎神者——悲哀而失望地走进村里的小教堂去为他的爱人祈祷病愈时，他们便停止了对薇桑黛达的讪笑

[1] 原译者注：拉·索倍拉纳（La Sobemna），西班牙语，意为郡主。

和怀疑了。

“折磨这不幸的女子的是一种可怕的怪病：村子里那些相信有怪事发生的人以为有一只虾蟆在她肚子里。有一天，她在附近的河水留下的一个水荡中喝了些水，于是那坏畜生便钻到她的胃里，长得非常非常大。那些吓得颤抖的邻妇们，都跑到拉·索倍拉纳的茅屋里去看那少女。她们一本正经地摸着那膨胀的肚子，还想在绷紧的皮肤上摸到那躲着的畜生的轮廓。有几个年纪最老最有经验的妇人，得意地微笑着说，她们已经感觉到它在动，还争论着要吃些什么药才会好。她们拿几匙加了香料的蜜给那少女，好让香味把那畜生引上来，当它正在安静地尝这种好吃的食品的时候，她们便将醋跟葱头汁一齐灌进去淹它，这样它就会很快逃出来了。同时，她们在那少女的肚子上贴些有神效的药物，使那虾蟆不得安逸，也就会吓得跑出来。这些药物是蘸过烧酒和香末的棉花卷，在柏油里浸过的麻束，城里神医用玉竹[1]画了许多十字和数目字的符纸。薇桑黛达弯着身子，厌恶得浑身打战，可怕的恶心使她非常痛苦，好像连她的心肝五脏一起都要呕出来似的；但是那虾蟆却连一只脚都不屑伸出来。于是拉·索倍拉纳便一再地向天高声呼求。这些药物绝不可能赶走那坏畜生。还是让那少女少受些苦，让它留在那儿，甚至多喂喂它，免得它单靠喝那渐渐惨白和瘦下去的可怜的少女的血来做它的养料。

---

[1] 原译者注：玉竹即葳蕤，一种药用植物。

“拉·索倍拉纳很穷，她的女朋友们都来帮助她。那些渔妇带来了从城里最有名的茶食店里买的糕饼。在海滩上，在打鱼完毕之后，有人为她选择几尾可以煮成好汤的鱼放在一边。邻妇们把锅子里的肉汤面上的一层，舀出来盛在杯子里，因为怕泼掉，所以慢慢地端到拉·索倍拉纳的茅屋里来。每天下午，还有一碗碗的巧克力茶继续不断地送来。

“薇桑黛达反对这种过分的好意。她受不住了！她已经吃得太饱了！可是她的母亲还将她毛茸茸的脸凑上前去，带着一种专横的神气对她说：‘吃啊！我叫你吃啊！’薇桑黛达应该想到她自己肚子里的东西……拉·索倍拉纳对于那个躲在她女儿肚子里的神秘动物，有了一种秘密而无法形容的好感。她想象着它，好像清清楚楚地看见了它。这是她的骄傲！为了它，全村的人才来关怀她的茅屋，邻居的妇女们才不停地走过来，而且，不论她走到哪儿，都有女人来问她女儿的消息。

“她只请了一回医生，因为医生打从她门口经过，可是她却一点也不相信他。他听了她的解释，又听她女儿的解释，他又隔着衣裳摸过她女儿的肚子；但是当他说要来一次比较深入的检查时，那骄傲的妇人几乎要把他推搡出门去。不要脸的！他是打主意看看这少女的身体，自己寻快乐啊；她是那样怕羞，那样贞洁，这种办法只要一说起就够使她脸红了！

“礼拜日的下午，薇桑黛达走在一群圣母玛利亚的女孩子[1]的前面到教堂去。她的凸出的肚子，受到她的伴侣们惊奇的注目。大家都不停地向她问起她的虾蟆，于是薇桑黛达有气无力地回答着。现在，那东西倒不来打搅她了。因为饲养得法，它已经大得多了；有几回它还活动着，但是没有以前那么叫她痛苦了。她们轮流地去摸那个看不见的畜生，去感觉它的跳动；她们用一种尊敬来对待她们的朋友。那教士，一个淳朴而慈悲的圣洁的人，惊愕地想着上帝创造出来为了试验人类的奇怪的东西。

“傍晚，当唱诗班用一种柔和的声音唱起海上圣母颂歌的时候，每个处女的心里都想起了那神秘的动物，又热心地为那可怜的薇桑黛达祈祷，愿她早点把它生出来。

“迦拉伏思迦也受到了大家的关怀。妇女们招呼他，年老的渔夫们拦住他，用嘶哑的声音问他。他用一种爱怜的声调喊着：‘可怜的女孩子！’此外他就不再说什么了；但是他的眼睛却显露出他急切盼望着尽可能快地担当起扶养薇桑黛达和她的虾蟆的责任来。那虾蟆，因为是属于她的，他也有些儿爱它。

“有一天夜里，那医生正好在我门前，一个妇人前来找他了，她惊慌地、紧张地指手画脚，拉·索倍拉纳女儿的病已经十分危急：他应该跑去救她。医生却耸耸肩膀，说：‘啊，是了！那虾蟆！’然而他却一点没有预备动身的表示。可是立刻又来了另一个妇人，她指手画脚得比前一个还

[1] 原译者注：圣母玛利亚的女孩子指唱诗班的女孩子。

要厉害。可怜的薇桑黛达！她快要死了！她的呼喊声满街都听到了。那个怪物正在咬她的心肝呢……

“为那种使得全个村庄骚动的好奇心所驱使，我便跟着医生前去。到了拉·索倍拉纳的茅屋门口，我们得从那塞住了门口，挤满了屋子的密密层层的妇女堆里开出一条路来。痛苦的喊声，听了叫人心碎的呻吟声从屋子里，从那些好奇的或者惊慌的妇人们的头上传出来。拉·索倍拉纳的粗嗓音用那恳求的喊声来应答她女儿的呼喊声：‘我的女儿！啊啊，主啊，我的可怜的女儿！……’

“医生一到，那些多嘴的妇人就跟向他下命令似的，乱糟糟地嚷成了一片。可怜的薇桑黛达在打滚，她已经受不了这种苦痛了；她眼睛昏眩，脸抽筋。应该给她动手术，赶快赶出这个绿色的、黏滑的、正在咬她的魔鬼！

“医生走上前去，毫不理睬她们的话，而且，在我还没有跟上他以前，在那突然降临的沉静中，他用一种不耐烦的粗暴态度讲话了。

“‘好上帝！这个小姑娘，她是……’

“他还没有说完，大家从他语调的粗鲁上，已经猜到他要说的话了。被拉·索倍拉纳推开的那群女人，正像在一头鲸鱼腹下的海浪般地骚动着，她伸开肿胖的手和威吓人的指甲，喃喃地骂着，而且还恶狠狠地看着医生。强盗！酒鬼！滚出去！……村里还留着这么个不信教的人，这完全是村庄上的错处！她要把医生生吞下去！别人也应该让她这么办！……她发狂地在她的朋友们中间挣扎，想从她们中间挣脱身子，去抓医生。薇桑黛达一边痛得微弱地乱叫‘哎哟！

哎哟！’一边还愤怒地直骂：‘胡说！胡说！叫这坏蛋滚开！臭嘴！完全是胡说！’

“可是医生一点也不注意那母亲的威吓和女儿的越来越响、越来越刺耳的哀叫声，他含怒地、高傲地、来来往往地要水、要布。忽然间，她好像有人要杀她一样地大喊起来，于是在我所看不到的那个医生的周围，起了一片好奇的骚动，‘胡说！胡说！这坏蛋！这说坏话的人！……’但是薇桑黛达的抗议声不是孤独的了：在她似乎向天申诉的无邪的受难者的声音之外，加上了一种从第一次呼吸到空气的肺中所发出的呱呱啼声。

“这时候，拉·索倍拉纳的朋友们不得不拖住她，不让她摸到她女儿的身上去。她要弄死她！母狗！这孩子是和谁养的？……在威胁之下，那个还不住喊着‘胡说！胡说’的病人，终于断断续续地承认了。‘一个她以后从未再见过面的种园子的年轻人……’这是她在一个晚上一时疏忽造成的。她已经记不清楚了！……而且她再三地说她自己记不得了，就好像这是一个无可责难的辩解的理由似的。

“大家全都明白了。妇女们都急于要把这消息传播出去。在我们离开的当儿，拉·索倍拉纳很惭愧，流着眼泪，要想在医生面前跪下来吻他的手。‘啊啊！安东尼先生！……安东尼先生！’……她请他宽恕她的冒犯；她一想起村庄里居民的议论就更失望了。‘这些说坏话的女人，她们难道不怕有一天会遭到天罚吗？……’第二天，那些边歌唱边扳网的青年人便会编出一支新的歌曲来！《虾蟆之歌》！她是不能活下去了……可是她尤其害怕迦拉伏思迦，她很了解这个撒野的人。可怜的薇桑黛达，假如一走到路上，准会给他打死的；而且她自己也会有同样的命运，因为她是做母亲的，她没有好好看管自己的女儿。‘啊啊，安东尼先生！’她跪着请求他去看看迦拉伏思迦。他是这么善良，这么有见识，一定会说服迦拉伏思迦，教他发誓不来伤害她们，忘了她们。

“医生用他对付威吓时的那种满不在乎的态度来对付她的恳求，毫不客气地回答道：‘再看吧，这件事情很难办！’可是一走到路上，他却耸耸肩膀答应了：‘我们去看看那个畜生吧！’

“我们把迦拉伏思迦从酒店里拖了出来，三人一起在黑暗的海滩上散步。这渔夫在我们两个这样重要的人物中间似乎很窘。安东尼先生对他说到男子自从开天辟地起的无可议论的高尚；说到妇女因为她们的佻挞而应该受到的轻蔑。况且她们的数目又是那么多，如果有一个女子叫我们憎厌了，我们尽可以换一个！……最后他才将刚才发生的那件事情毫不保留地讲给他听。

“迦拉伏思迦迟疑着，好像他还没有听懂似的。他感觉迟钝，慢慢才领悟过来。‘他妈的！真他妈的！’他暴怒地搔着自己戴着帽子的头，把手放到腰带上，好像在找那可怕的刀子一样。

“医生便安慰他。迦拉伏思迦应该忘了那个少女，不要去逞凶。像他这样一个有前途的青年是不值得为了这个口是心非的女人去坐牢的。何况那真正的罪人是个不相识的农民……而且……她！她早已把这事情忘记得干干净净了，这不是一种可以原谅的理由吗？

“我们一声不响地走了许多时候，迦拉伏思迦还是搔头皮摸腰。突然，他粗声大气地喊起话来，把我们吓了一跳；他的声音听起来像是鹿鸣而不是说话的声音，他不用伐朗西亚话，而用迦斯帝尔话在对我们说，这样就使他说的话格外显得郑重：

“‘你们……可肯……听……我说……一件事情？你们……可肯……听……我说……一件事情？’

“他以一种挑战似的神色看着我们，好像在他面前有一个不相识的种园子的青年，而他正要向他扑过去的样子。

“‘好吧！我……对……你们说，’他慢慢地说着，好像把我们认作了他的仇人似的，‘我对你们说……现在我……格外……爱……她了……’

“我们惊诧到不知怎样回答才好的地步，仅仅只能和他握握手。”

戴望舒　译

文森特·布拉斯科·伊巴涅斯（Vicente Blasco Ibáñez，1867—1928），西班牙小说家，著有《茅屋》（*La barraca*）（1898）、《血与沙》（*Sangre y arena*）（1908）、《启示录四骑士》（*Los cuatro jinetes del Apocalipsis*）（1916）等。

爱

胡安·拉蒙·希梅内斯

我记起莫格尔教堂的广场在暴风雨的午后。教堂立面的光彩不见了，显得孤单怯弱。

我在那里，穿着黑红格的衬衣，坐在长凳上，身边是马蒂尔德·纳瓦罗的保姆，她对我说：

——啧啧，瞧你这眼睛长的，胡安尼托！主啊，瞧你这眼睛长的，孩子！

过了一会儿，就只有我和女孩儿们一起。她们在街上跑，从旁门回了家。我一个人走，当没有人看见的时候，我就去亲吻想象中马蒂尔德踩过的石头。

离开的时候，我记得自己看见了她，透过栅栏——一双大大的眼睛——在彩色玻璃和香蕉树之间，在雷声和大雨点之中。

范晔 译

胡安·拉蒙·希梅内斯（Juan Ramón Jiménéez，1881—1958），西班牙大诗人，1956年获诺贝尔文学奖。

最初的爱之歌

胡安·拉蒙·希梅内斯

最初的爱是白色的。好像一颗星，好像一朵巴旦杏的花，好像一粒奶中的巴旦杏，好像一枚溪中的石子，好像白鼬，好像娜达丽雅的牙齿，好像泡沫，好像一架新钢琴的白键，好像和着月光的麦思林纱，好像梦中的一只手……好像丁香……

最初的爱闻着像忍冬，像溪边的雏菊，像水磨坊，像新蜡，像白香堇，像水中的手，像蒙霜的草原，像黎明，像阴影里长出的麦子……

最初的爱听着像银子，像夜间的泉，穿过百合的风，年轻修女的声音，激流中的石头，牧人的笛，白色的浪，拂晓的钟，贝多芬最初的奏鸣曲，羊群的铃铛，夜莺……

最初的爱死去像孩子，像冬天的蝴蝶，像孤独的叹息，像年轻的母亲，像好梦的影子，像幸福的日子，像没有母亲的鸡雏，像海上疲倦的燕子，像最初的爱……

范晔　译

死 MUERTE

永别了科尔德拉

阿拉思

他们是三个——永远是那同样的三个——罗萨、皮宁和“科尔德拉”。

索蒙特牧场是一块天鹅绒般的、绿色的、三角形的小地，像一块地毯似的伸张在小山的脚下。它的较低的一角一直展延到从奥维埃多直达季洪的铁路边；一株电杆木像旗杆似的站立在原野的角上，这对于罗萨和皮宁是代表着外面的世界，一个不知道的、神秘的、永远被害怕而且被误会的世界。

皮宁，他一天一天地看着这个沉静的、与人无害的电杆，在郑重地想了这事情之后，到末了便断言那东西只不过在冒充一株枯树，此外便什么都不是，而它的玻璃杯似的东西也无非在叫人相信是一种奇怪的果子，因此他们很放心地敢爬上去，几乎一直碰到电线。他永不爬到那杯子边去，因为它们太类似那些教堂里的圣器，他一看了就会生出一种敬畏，一直要到他重新滑下来，很平安地把他的脚站在绿色的草地上才安心。

罗萨是比较胆小一点，但对于那些不知道的东西却更加喜欢，她是只能满足于在电杆木下边整几小时地坐着，听风在电线上吹出咒文似的金属的声音，随后又跟从松树的心里发出来的叹息混搅在一起。

有时候，这些震动似乎变成音乐了，在罗萨听来，它们又像是一些从不可知的境地沿着电线传到不可知的境地去的私语。她并没有想要知道在世界的那一面人们在互相说些什么话的好奇心。这对她是没有关系的；她只是在听着那些和谐而神秘的听音。

科尔德拉是已经活到成熟的年龄了，她是比她的同伴们更实际一点的。她高傲地不跟一切世界接触，远远地望着那根电杆木，只把它当成没有生命的废物，只除了可以在上面摩擦一下身体之外，便没有其他用处了。

科尔德拉是一头看见过许多生活的母牛，她会整几小时地躺在草地上，与其说是在吃草，却不如说是在默想，并且享受着生活的安静，灰色的天，平静的大地，而这样地改善她的身心。

她跟那些孩子们一起娱乐，而那些孩子们的责任更是看重她；如果她能够，她也许会发笑的；像罗萨和皮宁那样的孩子也会来看守她——她，科尔德拉！——把她束缚在牧场里，不让她跳出篱笆去，不让她到铁轨边去闲荡。难道她真会跳吗？这些铁轨跟她又有什么关系呢？

这一切原是她的乐趣：静静地吃着草，留心地挑选着最好的东西，也不好奇地抬起头来向四面望，吃过之后，不是躺躺，就是想想，要不然就细细地回味着没有痛苦的欢乐，她所开心的事情仅仅是要活，其他的便都是危险的事情了。她的心境的平静是只有在铁路创办的时候被扰乱过一次；当她看见第一辆火车经过的时候，她是差不多害怕得要发狂了，她跳过石墙，到邻近的草地上去，去混在同样地惊异着的一些牲口堆里：她的恐怖延长了好几天，而每当火车头在隧道口出现的时候，那恐怖总会多少有点猛烈地在她心头再现。

渐渐地，她发现了火车是无害的，是一个时常会过去的危险品，是一种只恐吓着，但并不执行的灾祸。因此，她的戒备便松弛下去，再无须低下头去准备防卫了。渐渐地，她看到火车的时候也不再站起来，终于她的厌恶和担心完全消失，连看也不去看它了。

在罗萨和皮宁心里，这新奇的火车却造成了更有趣的印象。最初，它造成了一种跟带点迷信的恐慌混搅在一起的兴奋；孩子们疯狂地跳跃着，发着很响的喊声；后来却渐渐成为平静的娱乐了，当他们每天几回地看着那条钢铁的大蛇载着许多奇怪的人物很快地滑过的时候。

但是铁路和电报却只是短期间内的事情，这一切不久就被环绕着索蒙特牧场的沉寂的海所吞没了去，于是便再看不见一些生物了，也没有从外界传来的声音可以听到。

每天上午，在炙热的日光下面，在蜂拥的昆虫的哼声里，孩子们和母牛等着日中可以回家去，而在悠长的、悲凉的下午，他们又等待着黑夜的来到。

阴影张大了，鸟儿沉默了，而且时常可以看到一颗星从天庭最黑的地方显现出来。孩子们的灵魂反映着严肃的自然的平静，坐在科尔德拉身边，梦一般地沉默着，这沉默只偶然被牛铃轻微的声音所打破。

那两个孩子，是像一粒青色果子的两半面那样地分不开的，他们之间由一种很好的感情联结着，这种感情之所以存在，是为了他们完全不知道两个人何以有区别，何以必须要分出彼此来的缘故。这种感情发展到了“科尔德拉”那头母牛身上去，而那头母牛，假如她办得到的话，她也用她的那种无所表示的方式报答着那两个看守她的孩子的恩爱。就是在那两个孩子异想天开地闹着玩，用种种不很温厚的办法来作弄她的时候，她也极度地容忍着，她是时时刻刻地显得非常镇静，而且稳重。

安东·德·钦塔，那两个孩子的父亲，买进了索蒙特牧场，而科尔德拉可以享有这种肥沃草料的权利，还是很近的事情。以前她不得不站在官道徘徊，而在路旁的稀薄的草地上找到一些吃的。

在从前穷苦的时候，皮宁和罗萨常常替她找寻最适当的地域，用种种方法来保护她，不使她受到在公共地方找寻食料的牲口所常要遭到的虐待；而在牲口房里，憔悴又饥饿，稻草非常少，而菁芜又几乎没有的时候，那母牛会经常得到那两个孩子的许多好处，而这样才使困苦的生活勉强可以容忍下去。后来，在小牛诞生和断乳之间的那一段困难时期，在面对应该给钦塔多少乳，而自己的孩子又需要多少乳这个困难问题的时候，皮宁和罗萨就已经显然地站在科尔德拉这一面了。他们时常偷偷地把小牛解下来，让它高兴非凡地把路旁的所有东西踢开，唯恐不及地跑到它母亲肥胖的身体下面去，而那母牛会转过头来，用一种温柔而感谢的眼色，向那两个孩子望望。

这些关联是永远不会割断，而这些记忆是永远不会磨灭的。

安东·德·钦塔最后断定了他自己是生就不会有好运气的，而他的想逐渐扩大他的牲口棚的黄金的梦想也断乎不会实现，因为，在节衣节食地省下钱来，买了这一头母牛之后，他不但没有力量买第二头，甚至连租钱都要拖欠起来。他把科尔德拉当作唯一的可利用的出路；他觉得必须要把她卖掉，虽然她向来被认为家庭中的一员，而他的妻子在垂死的时候也说过他们这家人将来是要靠这条母牛了。

当母亲在只用一些稻秆编成的栏栅和牲棚分隔的房里，垂死地躺在榻上的时候，她用疲倦的眼光望望科尔德拉，好像恳求她做孩子们的继母，请她供给一些父亲所不会懂得的情爱。

安东·德·钦塔看到了这种情形，因此便不向孩子们说明必须要把那母牛卖掉的必要性。

有一个星期六，在刚天亮的时候，他利用了罗萨和皮宁还熟睡着的机会，硬一硬心，把科尔德拉赶向季洪去。

当孩子们醒来的时候，他们根本不明白他们的父亲为什么要突然离去，但是他们知道那头母牛是一定跟他同去了，虽然她自己是不愿意的，到傍晚，父亲浑身是灰尘，很疲倦地赶着那牲口跑回来，也不向他们说明他出去干什么了，于是孩子们便害怕着也许有危险的事情会发生。

那头母牛并没有卖掉。安东·德·钦塔非常爱惜这头牲口而把卖价抬得很高，因此便没有人肯买，有几个买主已经差不多快加到他所坚持的价钱了，却又被他的那种不和善的神色赶去。他用这样的思想来安慰他自己，他当然是愿意卖的，问题是别人不肯出科尔德拉的价钱，因此他便回来，跟他一同回来还有许多跟着牲口的邻近的农民，他们也因为主人和牲口之间的感情而多少经历到一些困难。

从皮宁和罗萨开始怀疑到快有什么纠纷要发生的那时候起，他们的心境永远平静不下去了，他们最大的恐惧最后又因为来强迫他们离去的地主的出现而证实了。

因此，科尔德拉是必须要卖掉了，也许仅仅能得到一顿早餐的价格也得卖。

下一个星期六，皮宁陪他的父亲到一个邻近的市场上去，在那儿，那孩子害怕地看见好多带着杀戮武器的屠户们。那牲口已经被卖给了这些屠户中的一个；在打过烙印之后，她重新被赶回到她的棚里去，一路上铃子很悲凉地响着。

安东沉默着，那男孩子的眼睛红肿着，而罗萨在听到这消息的时候，她把手臂绕在科尔德拉的项颈上，嘤嘤地哭了。

以后的几天，是索蒙特牧场上的悲惨的日子。科尔德拉，她一点也不感到自己的命运，照样地安静着，一直等到斧头残酷地加到她身上去的时候；但是皮宁和罗萨却是什么事情都不能做了，老是一声不响地躺在草地上，伤心着将来的事情。

他们仇恨地看着那些电线和经过的车辆，这些东西是跟他们所完全不了解的世界，跟那个夺去了他们唯一的朋友和伴侣的世界，连接在一起的。

几天之后，就到了分别的日子；屠夫带了说定的代价格来。安东一定要他喝一点，一定要他听那头母牛的许多好处。父亲好像一点也不知道科尔德拉并不是卖给一个能够好好地待她、使她快活的新的主人的，被酒和袋里的钱的重量所刺激，他继续颂扬着她的品性、她的产乳的容量、她耕种的气力。那一个人却只笑笑，因为那母牛将遭到怎样的命运，他是完全知道的。

皮宁和罗萨，两个人手挽住手，远远地望着他们的敌人，悲惨地想着过去，想着科尔德拉的种种，而在她最后被牵去之前，他们攀住了她的颈项，拼命地吻着她。孩子们在狭狭的路上送了一程，跟那个漠不关心的屠夫和蛮不情愿的母牛做了悲惨的一群。后来他们停止了，看那牲口渐渐地在边界上的树丛的阴影里消失不见。

他们的继母是永远地走了。

“永别了，科尔德拉！”罗萨喊着，失声痛哭起来，“永别了，亲爱的科尔德拉。”

“永别了，科尔德拉！”皮宁重说着，他的声音是被感情所塞住了，“永别了”，远远的牛铃最后一次这样凄惨地回答，随后，那种可怜的声音便滑失在其他的声音里面。

第二天一早，皮宁和罗萨又到索蒙特牧场去。它的孤寂从没有像现在那么难受，在今天以前，它从没有显得像一片荒凉的沙漠似的。

突然间，烟气在隧道口出现，之后火车从里面出来。在箱子似的车子里面，从狭狭的窗上可以望见那些载得很密的牲口。

孩子们向火车摇着拳头，更相信了世界的贪婪。

“他们把她载去杀了！”

“永别了，科尔德拉！”

“永别了，科尔德拉！”

皮宁和罗萨仇恨地看着那铁轨和电线，这些是那个仅仅为了满足贪婪的食欲而把他们这许多年的伴侣夺去的残酷世界的象征。

“永别了，科尔德拉！”

“永别了，科尔德拉！”

戴望舒　译

阿拉思，即莱奥波尔多·阿拉斯（Leopoldo Alas y Ureña，1852—1901），笔名克拉林（Clarín）（在西班牙语中意为“号角”），西班牙小说家和文学评论家。代表作《庭长夫人》（*La regenta*）（1884—1885）被誉为西班牙19世纪最优秀的自然主义小说。

巫婆的女儿

文森特·布拉斯科·伊巴涅斯

在这辆三等客车的车厢里，旅客们差不多全都认识玛丽爱达——一个穿着孝服的美丽的寡妇。她抱着一个婴儿坐在车厢的门边，躲避着邻座妇女对她的注意和谈论。

那些年老的村妇，隔着放在自己膝上的，装着从伐朗西亚买来的货物的那些大筐子的把手，有的好奇地，有的怀恨地望着她。男子们口里咬着劣质的雪茄，向她盯着看。

整个车厢的人都在谈论着她，讲着有关她的事情。

自从她丈夫死后，她敢于出门，这还是第一次。三个月的时间早已过去了。无疑地，她已不再怕她丈夫的弟弟德莱[1]

[1] 原译者注：德莱（Teulai），西班牙字，作麻雀解，是他的绰号。

了；他是一个身量矮小的人，二十五岁，乡里人都怕他！他是个不怕死的人，玩枪是他唯一的嗜好。他生下来的时候家里是很有钱的，他却抛弃了他的土地，宁愿去过那种冒险的生活。有时因法官对他的宽大使他能够依然在村里逍遥法外，有时对他怀恨的人敢于暴露他的罪行，他便躲到山里去。

玛丽爱达似乎又安闲又满意。哦，这坏畜生！有这么阴险的灵魂，却长得这么美，而且态度也尊严得像王后一样。

那些从来没有看见过她的人，见了她这样美，全都看得出神了。她就像村子里的主保圣人圣母的像一个样儿：她有那种洁白又像蜡一样透明的皮肤，随时还泛起一层红红的颜色；乌黑的眼睛像是裂开的杏仁，盖着很长的睫毛；脖子很美丽，有两道横的皱纹，更加衬托出她洁白皮肤的光彩来。她高高的个儿，两个乳房非常结实，她只要稍稍动一下，她的乳房在黑衣服里便显得更加高了。

是的，她非常美丽！……别人便拿这个理由来解释伯拜特，她不幸的丈夫对她的狂热。

全家的人一致反对这件婚事，可是没有用处。像他这样有钱的人，娶一个穷苦的女孩子，真是太荒唐了！况且谁都知道她是一个巫婆的女儿，当然继承了她母亲的害人的邪术！

可是他却绝对不肯放弃。伯拜特的母亲完全是忧郁而死的。据邻妇所说，她与其看见那个巫婆的女儿上她的门来，还不如死了的好；就说德莱吧，他虽然是个无赖，并不将家声两字放在心上，却也差点跟他哥哥吵起来。他容忍不了有这种下贱的女人来做他的嫂子，她的美丽是无疑的；可是她，据那些最可靠的人亲眼所见，以及在小酒店里亲口所说，她自己做有毒的饮料，帮助她母亲从流浪的小孩的身体内提取脂肪，来制造神秘的荡膏……每个礼拜六的半夜里，从烟囱里飞出来以前，先用那种药涂擦身体……

伯拜特对于这一切都付之一笑，终于和玛丽爱达结了婚。因此，他的葡萄、他的稻子豆，马郁尔街的那所大房子，和他母亲藏在卧室钱柜里的钱完全都归她掌握了。

他是个傻子！那两头母狼已给他吃了些迷魂药——“蒙汗粉”了，那些最有经验的长舌妇一口咬定，这种药由于邪术的关系，永远是有极大效力的。

那个满脸皱纹的巫婆，长着一对小小的恶毒的眼睛。她走过村庄里的空场子，没有一次不被许多顽童争着用石子扔她；她独自住在郊外自己的小屋里。凡是在夜间打她的小屋子前面走过的人，没有不用手指画十字的。伯拜特就是从这个屋子里把玛丽爱达弄出来的，他有了这个全村最美丽的女人，觉得非常幸福。

而且是怎样的生活方式啊！那些善良的妇女用气愤的神色来提起。不论是谁，一看就知道这样的婚姻是由恶魔安排定的。伯拜特难得出门：他忘记了他的田亩，他放任他雇的短工，他不肯和他的女人离开一刻。从半开着的门里，从常开着的窗里，人们瞥见他们抱着亲嘴。人们看见他们追来追去，在幸福的沉醉中不停地欢笑着和抚爱着，听任大家看见他们放浪的享乐情形。那简直不是基督教徒的生活。这是两只在不能扑灭的热情中互相追逐的疯狗。啊！这个极其下流的女人！她和她的母亲，用她们的药水激起了伯拜特的热情。

当人们看见他渐渐瘦下去，黄下去，小下去，像一支在熔化着的大蜡烛一样的时候，都相信这件事是真的……

村里的医生，只有他一个人不相信巫婆、媚药，他嘲笑一般人那么迷信，他说应该把他们分开来：照他的意见，这便是唯一的良药。可是他们依旧住在一起。他渐渐地变得骨瘦如柴，她却反而美丽、肥胖起来，傲慢地用她王后一般的态度毫不理睬别人的说短道长。他们生了一个儿子；然而两个月之后，伯拜特就像一个熄灭了的灯火似的，慢慢地死了，临死他还呼唤着他妻子的名字，还把手热情地伸给她。

村里的人闹开了！这当然是迷魂药的效力！那个老太婆怕受别人欺侮，躲在她的小屋里不敢露面！玛丽爱达一连几个星期不敢上街去。邻居们都听见她在悲伤地哭。最后，她冒着人们仇视的目光，有好几个下午带了她的婴儿到她丈夫的坟上去。

起初，她害怕她那个可怕的小叔子德莱。在德莱看来，杀人，很简单，是男子汉大丈夫的行为。伯拜特的死叫他很愤怒，他在酒店里当着别人面口口声声地说，要扭断那个寡妇跟老巫婆的脖子！可是别人已经有一个月没有看到他了。他一定是和那些强盗往山里去了，或者是有什么“买卖”勾引他往本省的别一角落去了。玛丽爱达到最后才敢离开村庄，上伐朗西亚去买货物……哦！那位美丽的太太，她用她可怜的丈夫的钱来装扮出怎样尊贵的模样！也许她在希望有些小绅士瞧见了她那么可爱的脸儿，会和她说上句话……

那些恶意的低语在车厢里嗡嗡地响着。目光从各方面集中到她身上来。可是玛丽爱达张开了她高傲的大眼睛，不顾别人的轻蔑，重新去望那些稻子豆田、蒙满灰尘的橄榄树田和白色的房屋。那些田亩房屋在车子的行驶中都向相反的方向奔去，而那好像是在很厚很厚的金羊毛里的太阳落在地平线上，使地平线仿佛在燃烧着。

车子进入一个小站停下了。那些对玛丽爱达冷嘲热讽得最厉害的妇女都急着下车去，把她们的篮子和蒲包堆置在自己的面前。

那个美丽的寡妇抱着孩子，将装有货物的篮子靠在她结实的腰边，放慢了脚步走出去，好让那些怀恶意的长舌妇们走在前面，因为她愿意独自一人，这样才不会有听到她们对她毁谤的痛苦。

在村落里，狭小、曲折、覆有披檐的街上，阳光很少照得到。最后的几所屋子排列在公路的两旁。过去就是田野了，在将近黄昏时望去是青青的；再远一点，在尘土弥漫的宽阔的道路上，那些头上顶着包裹的妇女们像蚂蚁般地一连串走着，已经走到最近的村庄了；这个村庄里在一座小山的后面矗立着一座钟楼，它的涂漆的瓦顶在最后的阳光的反照下闪耀着。

玛丽爱达是勇敢的。然而当她看见只有她一个人在路上的时候，她突然感到了不安。路程很长，在她到家前，天一定完全黑了。

在一所房子的门上，一枝积满尘埃、枯干的橄榄树枝在摇动着，这种标记就是旅店的招牌。在那下面，站着一个矮小的人。他背朝着村庄，把身子倚靠在门框上，手叉在腰间。

玛丽爱达对他看了几眼……假如她，在他回转头来时，认出他是她的小叔子，那是多么可怕啊，我的上帝！可是她的确知道他在远地，她便继续走她的路。在她脑子里好玩地冒出这个狭路相逢的残酷的念头，正因为她以为这种相逢是不可能的！然而，只要一想起那个站在旅店门口的人或许就是德莱的时候，她便直打哆嗦了。她低着头在他面前走过。

“晚安，玛丽爱达。”

真的是他……在现实面前，这寡妇起初还没有感觉到刚才的那种忧虑，她不能再怀疑了，这正是德莱！这个面上露着奸恶微笑的强徒，他用着比他的言语更使人担心的目光注视她。

她低声答了个“你好”。她虽然这么高，这么强健，也觉得自己的腿发软了，她甚至要鼓起力量来，才不使她的孩子掉到地上去。

德莱阴险地微笑着。这种情况没有害怕的必要，他们不是亲戚吗？他遇见她应该是很愉快的，他会伴她一道上村庄去，而且一路上他们会谈些事情。

“向前走！向前走！”这矮小的人这样说。

她跟着他，像头绵羊一样的柔顺。这真是一个奇异的反常现象：这个高大、强健、肌肉结实的女人似乎是被德莱拉着走的；而他只是一个瘦弱矮小的人，那么虚弱可怜的样子，只有他的奇异的锐利的目光泄露出他是怎样一个性格的人来。可是玛丽爱达却很知道他能干出什么事来。许多强壮而又勇敢的男子都被这头凶恶的野兽打败了。

在村落最后的一所屋子前，有一个老妇人在门口一边扫地一边低唱着。

“老婆婆！老婆婆！”德莱喊着。

那个老妇人丢下扫帚，跑了过来。玛丽爱达的小叔子在周围几里路内太出名了，别人不敢不立刻服从他。

他从寡妇那儿将孩子夺下。他没有对那孩子看一眼，好像他怕自己会心软似的，心软对他这种人来说是不应该的。他将孩子递给了老妇人，要她小心照顾……这不过是半小时的事情！他们一干完那桩事就会立刻来找他的。

玛丽爱达放声呜咽起来，扑到孩子那儿想去抱他；可是她的小叔子粗暴地把她拉了过来：

“向前走！向前走！”

时间已经很迟了。在这个附近一带人人害怕的强徒的恐吓下，她继续向前走着，孩子没有了，筐子也没有了。那个老妇人用手指画了个十字，急忙地回家去了。

在白茫茫的路上，那些回邻村去的妇女们正像移动着的细点，使人分辨不出是什么来，灰色的暮霭落下来，笼罩在田野上；树林带上了幽暗的青灰色，在头上，紫色的天空里闪烁着几点最早出现的星星。

他们默默地走了几分钟。最后那个寡妇下了决心坚强起来——这是恐怖的结果——停下了脚步……他在这里可以同在其他地方一样跟她解释的。玛丽爱达的腿哆嗦着，她结巴地说着，不敢抬起头来，这样可以避免看见她的小叔子。

远处车轮轹轹地响着。有许多被回声所延长的声音在田野上传布着，打破了黄昏的沉寂。

玛丽爱达焦急地看着路上。一个人也没有，只有他们两个。

德莱老是带着那种恶意的微笑，慢慢地说着……他要对她说的话便是叫她做祷告；假如她怕，她尽可用围裙遮住自己的脸。这个害死像他那种人的哥哥的女人是不容许免罪的。

玛丽爱达不由得向后退缩了一下，带着那种在极大的危险中震醒过来的人所有的恐怖的表情。在他们走到那个地方以前，在她被恐惧所搞混乱了的脑子里就早已想到了一些最不堪设想的粗暴行为，想到：可怕的棒击、她受伤的身体、她被拔落的头发。可是……蒙着脸做祷告来等待着死亡！而且这种可怕的事情在他竟说得那么冷酷啊！

她战栗着，恳求着，说了一大阵的话企图说软德莱的心。人们所说的完全是谎话。她是全心全意爱他可怜的哥哥；她永远地爱他。他所以会死，就是因为他不肯听她的话。她没有勇气跟他冷淡，没有勇气逃避一个热情的人的拥抱。

那个强徒听着她说话，他的微笑越来越明了，最后变成了怪相，他说：

“住嘴，巫婆的女儿！”

她和她的母亲将可怜的伯拜特活活地弄死，这已是人人知道的事了。她们使他喝了毒药，断送了他的命……而且假如他现在听信她的话，她也能同样地迷住他。偏不如此！他是不会像他那个傻瓜哥哥那样容易受她的欺骗的！

而且，为了证明他有豺狼般只爱血的那种狠心肠，他便用他那只露骨的手抓住了玛丽爱达的头，把它抬起来仔细地看，毫无情感地默看着她惨白的脸儿，她的漆黑有神的、在泪水中闪耀着的眼睛。

“巫婆……毒人的！”

他看上去又矮小又瘦弱，却一下就推倒了这个壮健的、这个身体结实的女人，使她跪在地上，他又退后在腰间寻找“家伙”。

玛丽爱达是没有命了。路上一个人都没有！远处老是那种叫声，同样的车轮辘辘声！青蛙在附近的塘里咽咽地叫着，蟋蟀在高堤上鸣着，一只狗在村庄的最后几所屋子边凄惨地嚎着。田野消失在暮霭中。

眼见只有自己一个人，断定死神已在面前，她一切的骄傲都消灭了。她觉得自己那么软弱．就像她幼小的时候挨了她母亲的打一样：她啼哭了。

“杀死我吧！”她呻吟着说。她把黑围裙蒙到自己的脸上，再把头裹起来。

德莱走到她的身边，手里若无其事地拿着一支手枪。他还从黑色的头巾后面听到他嫂子的声音，女孩子的啼哭声音，在央求他快快了事，不要使她太痛苦；在这些央求中还夹杂着背诵得很快的祷告声。他在那个头巾上找了一处地方便镇定地接连开了两枪。

在弹药的烟火里，他看见玛丽爱达好像有一根弹簧把她弹起来似的，站了起来，随后又倒了下去，两条腿被垂死时的痉挛抽动着……

德莱始终很镇定，表现出不怕一切，假如风声不好的时候大不了避到山上去的那种人所有的样儿，他回到邻近的村落去找他的侄儿。当他从惊惶的老妇人怀里把那孩子抱过来的时候，他差点哭了出来。

“我可怜的孩子！”他吻着他说。

他的良心已经得到满足了，他的灵魂中充满了欢乐，他很自信已经给孩子做下一桩大事！

戴望舒 译

寓言（III）

安东尼奥·马查多

从前有一个海员
在海边种了个花园，
海员当了园丁。

花园开花了，
园丁走了
去了上帝的海。

范晔　译

安东尼奥·马查多（Antonio Machado，1875—1939），西班牙20世纪最重要的诗人之一。

死，睡

曼努埃尔·马查多

——儿子：要休息
就该睡觉，
别思想，
别感觉，
别做梦……
——母亲：要休息，
就死。

范晔 译

曼努埃尔·马查多（Manuel Machado，1874—1947），西班牙诗人，安东尼奥·马查多之兄。

爱之劫（偶然故事）

乌纳穆诺

爱情究竟是怎么一回事？它是芸芸众生谈论的永恒话题，还成了诗人笔下几乎唯一的题材。安纳斯塔西奥对此感到困惑，因为他从来没有体验过人们所谓的爱情。或许它不过是个纯粹的幻想，或者是个约定俗成的谎言，好让脆弱的心灵可暂时摆脱生命的空虚和无可避免的厌倦。确实，对于安纳斯塔西奥来说，没有什么能比人类生活更空虚、无趣、荒谬和无意义的了。

既缺乏动力，也没有目标，安纳斯塔西奥在暗淡的生活中蹉跎。之所以没有自杀，是因为他在一贯的清醒中，总算抓住了一丝残存的希望：或许在某天，爱情也会降临到他身上。为此他不断旅行，在旅途中寻找，说不定爱情会在某个交叉路口、在某个他最不经意的时刻突然来临。

虽然他的积蓄微薄，但对他而言已是绰绰有余。他不图发财，不嗜名利，也不好争权。世人为之疲于奔命的奋斗目标，也未能激起他丝毫的斗志；而钻研科学、欣赏艺术和参与公共事务，也无法为他单调的生活提供一丝的抚慰。他边读着《传道书》，边等待着生命的终极体验——爱情。

他用心研读过所有伟大的情诗、情色小说以及对两性爱情的分析；他甚至读遍了那些写给心智未成熟，或者在某些意义上来说已经枉称为人的家伙看的低俗作品，降格沉迷于色情文学之中。很显然，他这样只能离爱情更远。

然而这并非因为安纳斯塔西奥不是名副其实的男子汉，也并非因为他不是凡夫俗子。他和其他人没什么两样，但却从未感受过爱情。因为他不忍看着爱情沦为肉欲的瞬间满足。把肉欲的满足，当作可怕的复仇之神、生活的安慰，以至灵魂的主人，对他而言简直是一种亵渎，那无异于试图把满足食欲奉为圣事。以饮食之事作成诗篇，简直是一种侮辱。

对于可怜的安纳斯塔西奥来说，这个世间根本不存在爱情。他反复地读着《特利斯坦和伊索尔妲》，认真地斟酌葡萄牙作家卡米罗·德·勃朗古（Camilo Castello Branco）那部可怕的小说《致命红颜》（*A Mulher Fatal*）——“我也会落得如此下场吗？”他想，“在我毫无准备甚至还未敢相信的时候，我命中的她出现了，让我不惜誓死相随？”于是他不停地旅行，在旅途中寻找这个命中注定的相遇。

“人们说，寻找爱情的这个渺茫希望早晚会落空。在我还没尝过年轻的滋味，却发现自己在渐渐老去，而自怨自艾‘我还没活过，但再也活不下去了’的时候，我该怎么办？我被这可怕的命运纠缠着；或者爱情不过是他们合谋编造的一个大谎言罢了。”于是他又陷入了悲观。

他甚至从来没有为任何女子倾心，也不觉得自己曾经打动过任何人。如果爱情真如诗人笔下描写的那样，那么他认为无能力去爱比不被爱来得可怕。但安纳斯塔西奥怎么知道自己未曾激起过任何女子心中深藏的情感？一尊迷人的雕像尚且可以唤起人的爱意，况且他的俊美实不输于雕像：那双黑色的眼睛里燃烧着神秘的火焰，幽暗的深处仿佛隐藏着充满渴望的厌倦；他的双唇半张着，里面仿佛深藏着充满魔力的饥渴；在他全身上下都能看到恐怖的命运在颤抖。

于是他旅行着，绝望地旅行着，逃离每一个地方，任由目光驰骋在美妙的艺术和自然之中，却暗自怀疑：这有什么用？

一个宁静的秋日下午，从树上掉落的黄叶被不冷不热的微风带着，拂过乡间的草地。薄纱般的云遮掩着太阳，渐渐地边界变得模糊了，最后慢慢地散开。安纳斯塔西奥在火车里看着窗外的一座座山丘掠过。他在阿利塞达的车站下了车，旅客们都趁这个时间用餐，行李一时挤满了小饭馆。

他心不在焉地坐下，等着他们上汤。当他抬起眼睛，百无聊赖地扫视饭馆里的客人时，却撞上了一个女人的目光。那时她正把一个苹果放进嘴里，只见她的大嘴鲜亮而润泽。他们盯着对方，脸色都变白了。而见着对方这样，两人便越发苍白，心跳加快。安纳斯塔西奥按捺不住了；一阵冷冷的蠢动使他感到很不安。

她用右手支着脸，一副眩晕的样子；那时除了她以外，安纳斯塔西奥什么都看不见了。当饭馆的客人都散去，他便颤抖着站起来，走到她身旁，用干涩、热切、哽咽而颤抖的声音在她耳边低声问道："您没事吧？不舒服吗？"

"噢，没事，没事……不要紧的，谢谢……"

"让我看看……"他边说边颤抖着拿起她的手为她把脉。

一股炽热的感觉从一个人的身体传到另一个人的身体，他们都感受到了对方的热度，脸一阵发烫。他用几乎听不见的声音含糊不清地说道："您发烧了。"

"发烧的……是你吧！"她的声音仿佛属于另一个世界，比死亡还要遥远。

安纳斯塔西奥撑不住便坐下了；心脏的重负使他膝盖发软，这是心脏发出的警报。"以您这样的身体状况，出行是不明智的。"他生硬地说道。她回答说："是的，我会留下来。"他说："我们会留下来。"她又说："嗯，我们都留下……我会告诉你，告诉你我的一切！"

他们取了行李，乘车出发到离车站五公里的阿利塞达镇。他们在车上面对面地坐着，膝碰着膝，目光相融。她双手握着安纳斯塔西奥的双手，跟他讲自己的故事。她的故事和安纳斯塔西奥的竟如此巧合，丝毫不差。她也是为了寻找爱情而旅行，她也怀疑一切都是用以暂时摆脱生活的苦闷的、约定俗成的大谎言。

他们互相倾诉着自己的故事，心也随之平静下来。从起初可怕的慌乱，变为现在不可思议的平静，两人像散了架似的。他们感觉像相识了一辈子，甚至在出生前就认识了；但同时过去的所有都从记忆中被抹去了，他们完完全全地活在此时此刻，超脱了时间的樊篱。

“噢，埃莱乌特丽亚，我以前竟然不认识你！”

“为什么这样说呢？我们以前从来没有见过，这不是更好吗？”

“那我们浪费了的时间怎么办？”

“那是我们用来寻找对方、渴望对方、爱上对方的时间，你认为这是浪费吗？”

“我那时几乎绝望了……”

“不，如果你绝望了的话，你早就自杀了。”

“没错。”

“换了是我也会这么做的。”

“但是，埃莱乌特丽亚，从今以后……”

“不要说以后，安纳斯塔西奥，我们有现在就足够了！”

他们都沉默了下来，如痴如醉；一阵奇怪的水声从无底深渊隐约传来。他们被一种严肃的氛围包围着，当中弥漫的不是欢乐，也不是享受。

她又开始说道：“我们不要想将来，也别想过去，把它们都统统忘掉吧。我们好不容易遇上了，这就足够了。安纳斯塔西奥，现在你认为那些诗人说的怎么样？”

“他们撒谎，埃莱乌特丽亚，他们都撒谎，但不是在我以前所认为的层面上。他们撒谎了，爱情并不像他们所歌唱的那样。”

“你说得有道理，现在我觉得爱情不可以歌唱。”

接着又是一阵沉默。在漫长的沉默中，他们牵着双手，两眼对视，似乎要从眼睛里窥探出他们命运的秘密。不久，他们的身体开始颤抖。

“你在发抖，安纳斯塔西奥。”

“你也是，埃莱乌特丽亚。”

“嗯，我们都在发抖。”

“为什么呢？”

“因为幸福。”

“这幸福太强烈了，不知道我能不能承受。”

“这样更好，那说明幸福比我们还要顽强。”

他们住进了一家极其简陋的旅店，待在一个安静的小房间里。在接下来的一天多，房间里都不见有任何动静。旅店主人见没人应门，便慌忙地撞开了门，发现两人在一起，躺在床上，一丝不挂，冰冷苍白得像雪一样。经验丰富的医生断定他们并非死于自杀，没错，他们应该是死于心脏疾病。

旅店主人喊道：“难道他们俩都得了心脏病？”“他们俩，是的。”医生说道。旅店主人猛地用手按着左胸，说道：“这么说来，这可会传染。”他试图把事情隐瞒起来，好不影响旅店的生意，还不忘用烟熏了一下房间以防万一。

人们没能查明他们的身份，于是把尸体直接从那里运送到墓地。他们俩就像被发现时那样在一起，一丝不挂地被葬在了同一个墓穴里，坟上盖上了土。后来这片地上长满草，雨落在这草地上。就这样，上天了结了他们的生命，却又独自在他们墓前哭泣。

阿利塞达旅店的主人想起那不可思议的事件时——难怪人们常说，没人能比现实更富想象力——得出了一个深刻的法医结论："这蜜月啊……本不该让两个心脏病人结婚的！"

黄晓韵　译

乌纳穆诺（Miguel de Unamuno，1864—1936），西班牙哲学家和作家，"九八一代"群体中的重要成员。著有《堂吉诃德与桑丘的生涯》（*Vida de Don Quijote y Sancho*）（1905）、《生命的悲剧情感》（*Del sentimiento trágico de la vida*）（1913），小说代表作《雾》（*Niebla*）（1914）、《圣曼努埃尔·布埃诺，殉教者》（*San Manuel Bueno，mártir*）（1933）等，长诗《委拉斯凯茨的基督》（*El Cristo de Velázquez*）（1920）。

拉撒路[1]

路易斯·塞尔努达

破晓时分。
石头被艰难地移开，
因为使它沉重的不是物质
而是时间，
一个平和的声音响起
呼唤我，好像一位友人在呼唤
当有人落在后面
行路疲乏，垂下影子。

[1] 拉撒路为《圣经》中的人物，耶稣使他死里复活的事件记载于《新约·约翰福音》11章。

那时有一阵长久的静默。
目击者们这样说。

我只记得那寒冷
奇特的寒冷
从深深的地下萌生，随着
半梦半醒间的不快，缓缓
将胸膛唤醒，
坚持几下轻微的搏动，
渴望温暖的鲜血返回。
在我的身体里疼痛着
一种真实的疼痛或梦中的疼痛。

这是又一次的生命。
当我睁开眼睛
是苍白的曙光道出了
真情。因为那些
期盼的面孔，呆呆地望着我，
咀嚼着一个次于神迹的模糊的梦幻
好像阴沉的羊群
追随的不是声音是石头，
我听见他们额头的汗水
沉重地滴落在草丛里。

有人在说着

关于新生的言语。
但那里没有母体的血液
也没有受孕的腹部
在痛苦中产生新的痛苦的生命。
只有宽宽的绷带，暗黄的麻布
散发着浓重的气味，敞露出
灰色松弛的肉体如同腐败的果实；
并非光润黝黑的肌肤，欲望的玫瑰，
只是一具死亡之子的身体。

绯红的天穹向远方伸展
在橄榄林与小丘的后面；
空气里一片宁静。
然而那些身体在战栗，
仿佛风中的枝条
从夜幕后伸出手臂
把它们贫瘠的欲望献给我。
光线令我不安
一感到死亡的慵懒
便把脸庞埋入尘埃。

我曾想合上眼帘
寻求空旷的阴影，
初时的黑暗
它的源泉深藏于世界之下

为记忆洗去羞耻。
当一个痛苦的灵魂在我心深处
叫喊，在体内昏暗的巷道里
回荡，不堪忍受，颜色更变，
直撞上骨骼的墙垣
在血液中掀起火热的晕眩。

那以手擎灯
见证神迹的人，
突然熄灭了火焰，
因为白昼已与我们同在。
一道短暂的阴影降下。
于是，在前额下我看见一双深邃的眼睛
充满怜悯，我在颤抖中发现一个灵魂
在那里我的灵魂被扩展到无限，
凭着爱，世界的女主人。

我看见一双脚踏在生命的边界，
褪色起褶的长袍
边缘，滑落
直蹭在墓穴边，仿佛一只翅膀
预备上升追逐光线。
我再次感到生命的梦幻
疯狂和过错，
痛苦的身体日复一日。

但他已向我呼唤
除了跟随我别无选择。

因此，我站起身来，默然前行，
虽然一切对我而言都显得奇特而空虚，
我同时在想：他们应该这样
在我死的时候，默然将我埋葬。
家在远处；
我又看见那白墙
和菜园里的柏树。
屋顶上有一颗暗淡的星。
里面没有灯光
炉灶覆满尘土。

饭桌上所有的人都围着他。
我见到苦涩的面包，无味的水果，
不新鲜的水，无欲望的躯体；
手足情这个词听来虚假，
关于爱的形象只剩下
模糊的回忆在风中。
他知道一切在我里面
已死亡，我是一个行走
在死人中的死人。

我坐在他右边好像

一位归来的旅人被款待。
他的手在一旁
我朝着那手低下头
带着对我的身体和灵魂的厌恶。
我这般无声地祈求，就像人们
向上帝祈求，因为他的名字
比庙宇、海洋、星辰更加广阔，
在一个孤独的人的无助里
盛放重新生活的力量。

我这般恳求，含着泪水，
祈求力量在忍耐中承受我的无知，
忍耐，不是为了我的生命或是我的灵魂，
是为了此时此刻那双眼睛里闪现的
真理。美是忍耐。
我知道那野地里的百合
在无数夜晚卑微的黑暗之后
经过地下漫长的等待，
从玉立的翠茎到洁白的花冠
有一天在凯旋的荣耀里破土而出。

范晔　译

路易斯·塞尔努达（Luis Cernuda，1902—1963），西班牙诗人。他出生于南方的塞维利亚，在诗人萨利纳斯的影响下开始在杂志上发表诗作。在马德里结识洛尔迦和阿莱克桑德雷等诗人，后因西班牙内战流亡英、美、墨，直至去世未能回国。塞尔努达是“二七一代”中一个有争议的成员，欧洲诗歌传统对他影响甚深，而他的创作也深深影响了几代西班牙诗人。

熊

哈亚托·贝纳文特·伊·马丁内斯

几匹老骡老马懒洋洋地拖着沉重的大车，车轮吱嘎作响，走在前面的还有一头驴，它在那里原本为了给疲惫的牲畜们带来一些生趣，但后来它竟以为拖车完全是自己的功劳，把驴子放在优先的位置，总是会发生这样的麻烦……几个匈牙利人带着这群猛兽颠簸迁徙，哪里有集市和庙会就去哪里，这是一只诺亚方舟，里面装着各种各样的人和动物，虽然不能涵盖所有物种，但是已经足以让当地人瞠目。至于人，只要够世界不灭亡就可以了：即使来一次新的洪水，他们也可以自我拯救，因为队伍中不过四男三女，小孩子却多如蜂蚁，他们的哭闹声超过了虎豹野兽的吼声，盖住了车轮的吱嘎声，也淹没了男女之间的誓言。

猛兽多达十二头，这得算上那头涂着白条装成斑马的矮骡子，以及那个队伍中年纪最大的人，他套着羊皮，戴着棉花罩面的纸头套，化装成白熊。他模仿得如此惟妙惟肖，简直不能再逼真了。

狮子共有两只，老朽而且虚弱。兽中之王如此不堪，让人不胜唏嘘。就像人们常说的，连举起尾巴的力气都没了。他们确是力气不济，不过懒惰有余。人类善于创造奇迹，把狮子训得有了狗的脾气，而饿狗的脾气要比无聊的狮子坏得多。因为饥饿，狗可以变成猛兽，而猛兽饱食终日也可以变成狗。统治民众的人，绝对不会忘记这点。

棕熊是猛兽中最好的人。它不像熊，倒像穿着皮裘的参议员。他对所有的人都笑脸相迎。如果有人在它的笼子前驻足，它便开始跳舞，翻跟头。它是整个团队的小丑。

一次，他们来到了一个美丽的小村子。在山脚下树林边的草地上驻扎下来。

挡住笼子的木板被虫蛀了，这使得熊能够从囚笼中看到田野里的快乐，看到林中的树和远处的峰峦。他还看到了热闹的集市，人们，尤其是孩子们兴高采烈，南来北往。熊很喜欢小孩子。他可不是想吃小孩子，你们千万不要这样恶毒地想。我已经说过了他是一个好人；现在我得说，他是一个好动物，如果你们认识了很多冒充的好人，你们会觉得这样说更合适。

不过，他最喜欢的是一个甜食摊儿，那里有面包圈、杏仁糖、蜜饯、甜杏仁和茴香糖，居然还有奶油蛋糕！他看到一个小馋孩儿把蛋糕塞到嘴里，奶油从蛋糕层中溢出来。他的嘴里全是口水。他不住地舔着笼子的围板，好像这些木头都是甜的一样。

“哦！”可怜的熊哼哼着，“要是我能离开这笼子一会儿该有多好呀！就一会儿，我想在那片绿油油的草地上撒个欢儿，在青草上打个滚，用我那像天鹅绒一般的爪子在孩子面前耍个宝，然后他们会送我一些我从来没有吃过的美味……而在这里，成天吃硬面包和煮土豆。生为熊太悲惨了！比装成熊悲惨多了！”

熊每天这样舔着围板，终于有一天，禁不住他大掌的重压，缴械投降。啊！要是脑袋能挤出去就好了！他的大脑袋……这有福的脑袋啊，注定是生活中的障碍！

突然——啊，真幸运！——不知不觉间，他已经自由了，来到了田野里、草地上，离他只有两步远的地方便是那甜食摊儿，被欢乐的人群和玩耍的孩子包围着。

他高兴地跳起舞来了，伴着几声自觉悦耳的嚎叫。

他的身边突然响起了恐惧的叫喊声。人们吓得四处逃散。男人和女人们抱起孩子，夺路而逃。还有一些人，甚至连孩子都顾不上，落荒而逃。

“为什么他们会害怕呢？”熊自言自语，“我还以为他们会很开心……”

他看到一些拿着马刀和猎枪的可怕的男人向他走来。熊一下子窜回了笼子边。他看见那些可怕的男人还在不断地靠近。他不得不自卫了。枪响了。熊倒下了，他腹部朝上，遍体鳞伤，看着树梢与山巅之上的蓝天，临死之前在想：

“人类实在是粗暴！他们认为我是猛兽，所以见到我就害怕。我只不过想在草地上打个滚儿，吃点好吃的，和孩子们玩耍而已！”

闵雪飞 译

哈辛托·贝纳文特·伊·马丁内斯（Jacinto Benavente y Martínez，1866—1954），西班牙剧作家，1922年获诺贝尔文学奖。

眼睛　OJOS

“女士，您有一双杀人眼”（古民歌）

佚名

我的黑姑娘
双眼不一般
一个时辰杀的人
赛过死神干一年。

女士，
您有一双杀人眼；
官府为什么
不把它们依法严办？

你的那双眼睛
一定有个当市长的父亲，

虽然又抢掠又杀人
却没有人敢质询。
姑娘，把你的眼睛
借我一个晚上；
因为我要用他们
要一个人的命。

你何必惊奇
我向你借这武器：
它们实在是威力无比。

小媳妇，把头低
给那看见你的人留口气。

你有漂亮的眼珠子
你有好看的发辫子
一看见眼珠子和发辫子
爱上你的人就被杀死

我只抬头看了一眼
他们就说我杀了他；
哎呀，妈妈，我可是深闺里的处女，
他们却说我杀了他。

范晔　译

绿眼睛

古斯塔沃·阿道弗·贝克尔

很久以前，我就很想以这个题目，随便写下一个故事。而现在给了我这个机会，我用很大的字母在稿纸的第一行写下了标题，然后我便信笔挥洒起来。

我觉得我见过一双在这篇故事中我描绘的眼睛。我不知道是在梦中还是确实见过。我肯定无法真实地描写出这双眼睛：闪亮的，清澈得如同夏季暴雨后从树叶上滴落的雨珠。但是无论如何，我相信读者们的想象力，能够在这篇故事（我们姑且称之为一幅我将来会画出的图画的草图）之中理解我的意图。

一

“鹿带伤跑了……它带伤跑了。肯定是这么回事。在山里的荆棘丛中能看见血迹，它跳过一棵乳香黄连木时，腿软了……我们年轻的领主干了别人干不了的事……我当了四十年猎人，从来没见过这么出色的狩猎……不过，看在索利亚城保护神圣萨都里奥的分上，在这片橡树林中截住它！把狗放出来！使劲吹号角，一直吹到不能吹为止！你们要快马加鞭！你们没看见那只鹿朝着白杨泉方向逃去了吗？要是它在死之前逃掉了，我们能够放弃吗？”

蒙卡约山谷间长时间回荡着号角此起彼伏的声音，狂怒的狗吠和侍仆们的呐喊。人们、马匹和狗都乱哄哄地、一窝蜂拥向伊尼哥——阿梅那尔侯爵的狩猎总管——所指出的拦截猎物的最佳地点。

但是，这一切都没用了。当猎狗中最敏捷的一只气喘吁吁、口吐白沫地跑到橡树林时，那只鹿快速得像一支箭似的一下子逃跑了，消失在通往泉水的小径上的野草丛中。

“站住！……大家都站住！”伊尼哥大喊，“它注定要逃掉的！”

马队站住了，号角不响了，猎狗们在猎人的吆喝下呼哧呼哧地嗅着足迹。

就在那会儿，狩猎活动的主角与队伍会合了，他叫费尔南多·德阿根索拉，是阿梅那尔侯爵的长子。

“你干什么？”他对着自己的猎人总管喊道，与此同时，他脸上明显流露出惊异的表情，而眼睛里不时闪出怒火。“你在干什么，笨蛋？你看见了，那只鹿受伤了。那是第一只落在我手中的猎物，而你放弃追寻，你让它跑掉，好逃到林子深处去。难道你认为我狩鹿是为了给狼群送去一顿美餐吗？”

老爷，”伊尼哥含糊地小声说，“不能超越这个地点。”

“不能？为什么？”

“因为那条小路通向白杨泉，在泉水中生活着一种坏精灵，要是有人敢搅浑了泉水，他就得为此付出很高的代价。那只鹿大约已经逃离岸边了。您干吗不摆脱了那只鹿而自己又免了大灾呢？我们这些猎人是蒙卡约山的大王，虽然是大王也得进贡。凡是逃到这座神秘泉水旁的猎物，就算是放弃不要了。”

“放弃不要了！我宁愿放弃我父母的领地，我宁愿把灵魂扔给撒旦，也不愿让那只鹿从我手中逃掉。那是唯一一只被我的标枪刺伤的鹿，是我的狩猎活动的第一个成果……你知道吗？知道吗？……从这里还能断断续续看出踪迹：它的腿坏了，它跑得慢了，放开我……放开我，你松开缰绳，要不我就把你打翻在地……谁知道呢，也许我不让它跑到泉边？如果它到了泉边，那就让它见鬼去吧，让那清泉和它的精灵们见鬼去吧！加油啊，闪电！加油啊，我的马儿！如果你能赶上那只鹿，我就叫人把我佩戴的钻石镶嵌在你笼头的金鼻勒身上！”

马和它的骑手像一阵旋风似的跑远了。伊尼哥注视着他们，直到消失在灌木丛中。然后，他回过头来，看着自己的周围，所有的人都像他一样一动不动，十分沮丧。

最后，这位猎人高声说：

“先生们，你们都看见了，为了阻止他，我差一点儿死在他的马前。我已经尽了我的义务。对付魔鬼，光靠勇敢是没用的。猎人带着他的弓弩只能走到此处，从此往后，就得看神父和他的圣水撣洒器了。”

二

“您的脸没有血色，一副无精打采、郁郁寡欢的样子。出什么事了？自从那一天——我总是把它看作晦气的一天——您追赶伤鹿到了白杨泉，就传说一个邪恶的女巫用她的魔法使您得了病。您不再跟在狂吠的猎狗群后面上山了，您的号角也不在山间吹响了。您只是天天早上颤抖地拄着弓弩到密林中去，在那里一直待到太阳落山。天黑以后，您就脸色苍白地、疲倦地回到城堡，而那时我正白费工夫地在强盗窝里寻找他们猎获物的尸体。什么东西引起了您的注意，使您这么长时间地待在远离爱您的人们的地方？”

当伊尼哥说话时，费尔南多全神贯注地想着心事，一面机械地用他的猎刀把他坐的乌檀木椅子削下一块块碎片。

他长久地沉默着，只听见木片从磨光的木头上被削下来的嗞嗞声。之后，年轻人把头转向他的仆人，仿佛什么话也没听见似的高声说道：

“伊尼哥，你是个老人，你熟知蒙卡约山上所有的洞穴，你就住在山坡上，终日追赶野兽，在你打猎的时候不止一次地攀登上山顶。告诉我：你是不是偶尔见过一位住在山岩间的女子？”

“一位女子？”猎人惊诧地喊，目不转睛地盯着费尔南多。

“是的。”年轻人说，“我遇见的事非常奇怪，非常奇怪……我原以为可以永远保守这个秘密，但是现在不可能了，它从我的心中流出来，在我的脸上显露出来，所以，我把此事告诉你……你帮助我驱散笼罩在那个人身上的迷雾，而她，看起来只对于我才存在，因为没人认识她，没人见过她，也没人能告诉我她的情况。”

猎人张着嘴，拉过他的小板凳靠近他主人的椅子，并且一直盯着他看……而他的主人略略思索了一下，接着说：

“那一天，尽管你说了些不吉利的预言，我还是到了白杨泉边，重新捉到那只被你们出于迷信而放掉的鹿。从那天以后，我的灵魂充满了孤独的渴望。

“你不认识那个地方。是这样的：泉水悄悄地从一块山岩里冒出，它顺着飘动的绿叶一颗颗地滴落下来，那些叶子长在泉眼四周的植物上。水珠滑落时，像金粒似的闪闪发光，像乐器似的发出音韵。小滴汇集在草地上，潺潺流淌，流淌，低低的小声像是花间飞舞的嗡嗡蜜蜂。泉水流过沙滩，越流越远，并且汇合成河道。水流冲击着拦路的障碍，水流迂回曲折，忽而迸射，忽而疾跑，有时泉水在欢笑，有时泉水在低语，最后流入一个湖泊。

“在那个地方，一切都很出奇。孤寂伴随着成百上千的陌生声响，笼罩着那片地带，使灵魂沉迷于无可言喻的幽郁之中。在白杨树银白色的树叶上，在水波上，在岩洞中，大自然中无形的精灵们似乎在告诉我们，它们承认有一个与它们相似的兄弟是人类中不死的精灵。

“当清晨到来时，你总是看见我拿着弓弩走进山岭。我并不是在追寻猎物时在林莽中迷了路，不，我从不迷路，我是去泉边，坐在那里，在它的水波中寻找……不知寻找什么，这是疯狂！那天我骑着我的‘闪电’跳过泉水时，我记得在泉水深处看见了一个奇怪的东西……非常奇怪……是一双女人的眼睛。

“也许那是一缕折射在水花上转瞬即逝的阳光，也许那是漂浮在泉底水藻中间的一朵花，而它的花萼仿佛是翡翠做成的……我不知道。我相信，我看见一双盯着我看的眼睛，它的目光在我胸中燃起荒诞的、无法实现的愿望，那就是：找到一个长着同样眼睛的人。为了找到她，我一天又一天地到那里去。

“最后，一天黄昏……我以为是可笑的梦境，然而不是，那是真的。我已经和她说过好几次话，就像此刻我和你说话一样……一天黄昏，我看见她坐在我的位置上，穿着的衣衫一直拖到水中，漂曳在水面上。那是个绝顶美艳的女子。她的秀发金黄，她的睫毛一闪一闪如同阳光的金线，在睫毛中间闪动着一双顾盼灵活的眼睛。我曾见过这双眼睛……是的，因为这双眼睛就是深深印在我脑海中的那双眼睛，它的颜色令人不可思议，那是……”

“绿色的！”伊尼哥一下子从凳子上坐直了身子，喊道。

他的声音充满了极度恐惧。

费尔南多听见他说出了自己要说的话，感到很惊讶。于是就又焦虑又高兴地问道：

“你认识她？”

“啊，不！”猎人说，“上帝保佑我可别认识她！但是，我的父母在禁止我去那个地方时，对我说过上千次，生活在泉水中的精灵、鬼怪、妖精或者女人，都长着绿色的眼睛。我恳求您，为了您在这个世界上最爱的一切，别再去白杨泉了。说不定哪一天，它会报复您，您将死去，为曾经落入泉水中这一过失付出代价。”

“为了我所爱的！”年轻人低声说，脸上挂着悲哀的微笑。

“是的，”老猎人说，“为了您的父母，为了您的亲属们，为了上天指定做您妻子的人的眼泪，为了一个看着您长大成人的老仆的眼泪，别去那里了。”

“你知道什么是我在这个世界上所最爱的吗？你知道为了什么我宁愿献出父亲的爱、母亲的吻和世上所有女人的温情吗？我只是愿以此换取那双眼睛的一瞥，仅仅是一瞥……你看，我怎么能不去找她呢？”

费尔南多说话的语气，使伊尼哥两眼饱含的泪水，顺着脸颊无声地流下，他绝望地喊道：

“遵照上帝的旨意吧！”

三

“你是谁？你的家乡在哪里？你住在什么地方？我日复一日地寻找你，但是我既没看见载你到此处的骏马，也没看见为你驱车引路的仆从。你被一层像浓浓的黑夜般的神秘面纱遮掩着，请你立刻揭开面纱吧。我爱你，无论你是贵族小姐还是村姑，我都属于你，永远属于您。”

太阳已经落在山顶后面，夜幕迅速地沿着山坡降下来，轻风在泉水旁的白杨树间飒飒作响，湖面上慢慢地升起薄雾，开始裹住水边的岩石。

在一块岩石上，在一块几乎要没入水底的倾斜的岩石上，有阿梅那尔侯爵长子的身影，他战栗着，跪在他那神秘的心上人面前，苦苦哀求她讲出自己身世的秘密。

她很美，美丽而苍白，宛如一尊石膏像。一缕卷发垂在肩上，隐现在头纱的褶痕中，仿佛是从云朵中射出的一缕阳光。在她金色睫毛的环绕中，两只绿色的眼睛闪闪发亮，好像镶嵌在金首饰上的两颗翡翠。

年轻人刚说完，她的嘴唇翕动了一下，似乎要说什么，但是仅仅吐出一声叹息，一声轻微的、痛苦的叹息，如同即将消失在细草间的微风吹皱涟漪所发出的低低声音。

“你不回答我！”费尔南多看到他的希望落空，大声喊道，“你愿意我相信别人说的关于你的那些话吗？噢，别这样……告诉我吧，我要知道你是不是爱我，我要知道我能不能爱你，如果你是一位女子……”

“或者是个妖怪……如果我是个妖怪呢？”

年轻人稍微犹豫了一下，他身上冒出冷汗。当他用更加火热的目光看着那女子的眼睛时，他的眼睛睁大了，他被那双眸子的绿光所迷惑，几乎痴呆了。于是，出于爱情的冲动，他喊道：

“即使你是妖怪……我也会爱你……我也会像现在这样爱你，因为，我命中注定要爱上你，我爱你直到另一个世界，如果确实有另一个世界的话。”

“费尔南多，”于是那位美丽的女子开口了，她的声音像是音乐，“我爱你超过你爱我。我，尽管是一个真正的精灵，却来俯就一个凡人。我和人世间的女人不同，我是个与你相匹配的女子，而你高出于所有的男人。我生活在水底，和水一样，我是无形的、流逝的、透明的。我与水的低语对话，我与水的波浪共漂浮。我并不惩罚敢于弄脏我所居住的泉水的人，我宁愿用我的爱情来犒赏他，就像犒赏一个比迷信的凡夫俗子高明的普通人一样，就像犒赏一个能够理解我的古怪而玄秘的爱情的爱人一样。”

当她说话时，年轻人如醉如痴地欣赏着她的绝世之姿，仿佛被一股不可知的力量所吸引，他一点点向岩石的边缘靠近。绿眼睛的女子接着说道：

“你看，你看见清澈的湖底了吗？你看见水底飘动的长着长长绿叶的植物了吗？这些植物将为我们准备一张翡翠珊瑚床……而我，我将给你带来无法形容的幸福，那是你日思夜想的幸福，只有我能给予你……来吧，湖上的雾如同亚麻布做的华盖罩在我们的头上……水波用它们的喃喃絮语召唤着我们，晚风在白杨树间开始唱起爱情颂歌；来吧……来吧……”

夜开始抛下它的黑影，月亮在湖面上闪烁，轻风把雾聚积在一起，那双绿眼睛在黑暗中闪闪发光，如同在这片有魔法的湖面上奔跑的磷火……“来吧，来吧……”这两句话像咒语似的在费尔南多耳畔响着，而那个女子站在岩石边缘处唤他。似乎要给他一个吻……一个吻……

费尔南多朝着她走了一步……又一步……于是他感到一双细长柔软的手臂环抱住他的脖子，在他火烫的嘴唇上感到一阵冷，那是一个冰雪般的亲吻……他晃了一下……脚下一软，便跌入水中。湖上响起一片低哑而哀伤的啁啾。

水中迸出发光的火星，他的身体没入水中，水面上激起一圈又一圈的银色涟漪，水波扩散着，一直到岸边才消失。

朱凯　译

“那双眼睛让你叹息”

安东尼奥·马查多

那双眼睛让你叹息，
那双眼睛让你看见自己，
要记清，
它们看见了你才成为眼睛。

范晔　译

“你眼里有一个神秘在烧”

安东尼奥·马查多

你眼睛里有一个神秘在烧，
我的伙伴，高傲的姑娘。

我不知道那是恨是爱
无穷的光在你的黑色箭囊。

只要我的身体还投下影子
我凉鞋里还会有沙子，你要和我一起去。

——你是渴还是水在我的路上？
说吧，我的伙伴，高傲的姑娘。

范晔 译

静波

加西亚·洛尔迦

在你眼里看自己
想你的灵魂。
夹竹桃白色。

在你眼里看自己
想你的嘴唇。
夹竹桃红色。

在你眼里看自己
你已是死人。
夹竹桃黑色。

范晔　译

声音　VOZ

古民谣一首

佚名

——你是我的好姑娘，
为什么不看我，说啊？
——看过你的眼睛
我已经给了阴影了。
——你是我的好姑娘，
为什么不吻我，说啊？
——吻过你的嘴唇
我已经给了土地了。
——你是我的好姑娘
为什么不抱我，说啊？
——抱过你的手臂
我已经让蛆虫覆满了。

范晔　译

莫厉娜的毒酒

佚名

——我来赴宴席，莫厉娜，为周日的婚礼。
——这婚礼，堂阿隆索，本该我与你结连理。
——非是与我结连理，莫厉娜，新郎是我亲兄弟。
——请入座，堂阿隆索，坐在这张雕花椅
父亲将它留予我，谁人坐上选东床。
堂阿隆索入了座，睡意沉沉入梦乡。
莫厉娜，好姑娘，快步走进百花园；
三分水银膏，加四份铁屑来搅拌，
三条毒蛇血，蜥蜴皮一张正新鲜，
再添蟾蜍刺，一并入美酒。
——请尽杯中酒，堂阿隆索；堂阿隆索，请尽杯中酒。
——美酒你先尝，莫厉娜，谦让女士理应当。

莫厉娜，好姑娘，美酒暗暗折入怀；
阿隆索，痴小子，杯中美酒饮精光。
一时酒力发，牙齿落尽气力衰：
——酒中藏何物，莫厉娜？何物酒中藏？
——三分水银膏，加四份铁屑来搅拌，
三条毒蛇血，蜥蜴皮一张正新鲜，
再添蟾蜍刺，只为把你性命伤。
——救救我，好莫厉娜，我必与你结连理。
——万不能，堂阿隆索，魂魄俱已离身去。
——永别，我爱妻，从此孤清守空床
永别，我双亲，从此无人侍堂上。
当初我离家门骑乘一匹白龙马
如今我赴教堂身居一只松木匣。

范晔　译

滴，答……

佩德罗·安东尼奥·德·阿拉尔孔

第一部分

阿尔图罗·德·米拉谢罗斯（这是个相当英俊的年轻人，不过看他的行为举止，不是个有房有家的人）某天晚上求着一个朋友，到她家的房间借宿。这位姑娘的容貌不比他差，名字叫玛蒂尔德·恩特兰瓦萨瓜斯。[1]她常常背着丈夫做

[1] 译注：米拉谢罗斯（Miracielos），可拆分为mira-cielo，有“望天”之意；恩特兰瓦萨瓜斯（Entrambasaguas），可拆分为entrambas-aguas或entra-ambas-aguas，与俗语entre-dos-aguas接近，有“脚踩两条船”之意。下文中的“贝贝（Pepe）”，是何塞（José）的昵称。

这样那样的善事，由此也能看出，那位可怜的先生脾气确实不怎么样。

然而就是这天晚上，夜里一点的时候，通往玛蒂尔德房间的唯一一扇门被狠狠敲响了。同时还有一个可怕的大嗓门喊着：

“开门哪，女人！”

“是我丈夫！……”可怜的女人话都说不清了。

“是堂何塞！”（阿尔图罗也口吃起来）“你不是跟我说他从来不到这边来吗？”

“哎呀！最坏的不是他来了……（好心肠的美人接上一句）而是这太不像话了，根本就没法让他相信你在这里是清白的。”

“喂，你救救我呀！（阿尔图罗回答）这是首要的啊。”

“开门呀，小羊羔！”堂何塞还在喊。门房跟他说了，太太晚上让一个外人在家借宿。

（堂何塞的姓我们不清楚，只知道他并不英俊。）

“你钻到那里面去吧！”玛蒂尔德对阿尔图罗说。她指的是那些古董壁钟里的一个，钟摆特别长，看着像个立起来放的棺材。

“开门呀，小鸽子！”丈夫一边大吼一边想把门撞开。

“耶稣啊，你这人！……（妻子也喊起来）着什么急啊！先让我穿上睡袍……”

与此同时，阿尔图罗已经拼尽全力钻进了大钟，使得它的响声比之前小了一半。

你们应该可以想象，这么奇怪的东西，钟表匠做钟的时候可没考虑过。吊锤不能动，钟摆不摆了，机器也就不转了。

“别把那个表弄停了，该死！（玛蒂尔德大叫）你要是把它弄停，我们两个就都完了！我丈夫要是听不见这座钟，或是他卧室里那个一样的钟响，他就睡不着觉！他要是发现这个钟不响了，就会想要给它上发条，然后就该发现你了！”

她边说边锁上了大钟的外箱。

第二部分

这空当儿，堂何塞那边已经砸开了阳台的门锁，他两眼冒火地冲进了卧室……

“他在哪儿呢？”他号叫的声音无法形容。

“你找什么啊，贝贝？（妻子以惊人的冷静问）你丢了什么吗？”

“我丢了名誉！”丈夫边回答边往床下看。

“真不幸！那你就在这里找吗？”

那时候塞维利亚还没有床头柜。

对，这个故事是发生在塞维利亚。

“他在哪呢？（堂何塞还在问）你那个卑鄙无耻的同谋在哪？”

而那座钟……那座钟走得好好的，就好像里面根本没人一样。我的意思是说，就好像吊锤是在空空的箱里自由摆动一样。

滴答，滴答，滴答……里面这样响着。

堂何塞没想到，嗯，一点也没想到要检查一下座钟里面。

由于他在哪儿也没找到什么人，我们这位丈夫跪在了他妻子面前。他的愤怒、发狂和滔滔不绝都渐渐飞走了，他对她说："对不起，我的玛蒂尔德！我被那个可恶的门房骗了，他绝对是喝多了，明天我就辞退他。我的爱情，我重燃的爱情，会向你证明我有多后悔对你做的一切，多后悔质疑你的纯洁。"

玛蒂尔德格外起劲地闹起来，想搅得人不得安宁：她抱怨刚刚发生的一切，抗议，痛哭，骂堂何塞，等等等等。但不管她说什么他都一样回答：

"你说得对……你说得对……我是个禽兽！"

与此同时，他又关好了他弄开的门，收起钥匙，占据了那张双人床上他自己的、合法的位置，像个老好人一样叫道：

"来吧，老婆，躺下吧，别傻了！……"

第三部分

清早堂何塞突然醒了，他低声说：

"你睡着了吗，玛蒂尔德？"

"不，我醒着呢。"

"你告诉我，是我的幻觉，还是那座钟停了？"

滴答，滴答，滴答……声音回响在钟表箱里。

“是你的幻觉……（妻子回答）你没听着吗？”

“啊！是的！（堂何塞回答）不过我从没像现在这么爱你，这可不是幻觉……今晚我也会跟你重复这句话的，我不嫌烦……”

第四部分

一年之后，在托莱多的疯人院，有个非常英俊的年轻人。他唯一的疯病就是装成一座壁钟，一直模仿钟摆的声响。他通过上牙膛弹出的脆响发出这种声音：

滴答，滴答，滴答……

大家都说他的模仿惟妙惟肖。

由此可见，有时候英俊的单身汉还是比不过丑丈夫，权当教训吧。

王可　译

佩德罗·安东尼奥·德·阿拉尔孔（Pedro Antonio de Alarcón，1833—1891），西班牙作家，其代表作《三角帽》曾被西班牙音乐家法雅改编为同名芭蕾舞剧。

珠唾集

拉蒙·戈麦斯·德拉·塞尔纳

诗歌就是我们以为昨天在社区电影院里看见的姑娘会打来电话。

钟表的指针是时间的摇篮。

海绵：波浪的骷髅。

用铅笔写字只是勾勒出词语的影子。

雕像靠吃鸽子活着。

生活就是买回自己卖掉的东西。

如果那样就好了：最后我们发现风车不是风车，是巨人。

历史是人类继续犯错的借口。

“床单太硌了！”（那是他的墓石。）

马德里：只须听见午后的钟声就当用过了甜食。

汽油是文明的熏香。

河里流过所有往日淹死的镜子。

撑开雨伞好像朝风开枪。

问题在于：水烧开的时候，在哭还是在笑？

风最喜欢在沙漠里玩沙子，就像海滩上的孩子。

燕子为天空说的话打上双引号。

鱼排着游客的队列经过。

自行车最美的部分是它的影子。

没有香味的花是哑巴花。

蜻蜓相信花园是它的刺绣。

电话是醒着的人的闹钟。

每发射一次，大炮都往后缩，好像被自己刚做的事情吓着了。

作为精神分析家，我们发现：衣服上有这么多扣子是因为它想当钢琴。

钢琴的黑键是为了给死去的钢琴家们服丧。

长颈鹿是一头因好奇而伸长脖子的马。

猫头鹰面朝太阳为晚上充电。

猫头鹰是森林的床头柜上的台灯。

猫一出生就过上了退休生活。

猫是屋顶的门房。

有些门吱吱叫好像被踩了尾巴。

读者和女人一样——谁最会骗她她就最爱谁。

0是其他数字下的蛋。

4长着一个希腊式的鼻子。

字母B永远射不出它的箭。

书店是建造未来所需的脚手架。

现代街道：闪亮的拼字游戏。

造物主把所有肚脐眼的钥匙都收起来了。

小孩子不好的地方就是为了哭而哭，有点像为艺术而艺术。

天鹅集天使与蛇于一身。

海鸥是航船的信后附言。

闪电是天空的脑电波。

我们希望自己是石头做的，其实是果冻。

那女人看了我一眼，好像在看一辆载了客的出租车。

范晔　译

拉蒙·戈麦斯·德拉·塞尔纳（Ramón Gómez de la Serna，1888—1963），一位难以归类的西班牙作家，时人常以“堂拉蒙”称呼他。西班牙内战爆发后，移居布宜诺斯艾利斯直至去世。

戈麦斯·德拉·塞尔纳以其“格里格利亚（Greguería）”这一警句式的文体而闻名，他自己的定义是“格里格利亚 = 隐喻+幽默”。在诗人帕斯看来，戈麦斯·德拉·塞尔纳是最具现代性的西班牙作家之一；帕斯曾说，假若自己不会西班牙语的话，情愿单单为了阅读他的作品而学习这门语言。

人声

文森特·阿莱克桑德雷

光的伤疤疼。
牙齿的同一个影子在地上疼。
什么都疼，
河流卷走的悲伤的鞋子也疼。

公鸡的羽毛疼，
颜色太多，
额头不知道该摆什么姿势
迎上西风残忍的红。

黄的灵魂或一粒榛果疼。
面朝下滚动，我们还在水里，

眼泪全凭触觉感知。

欺诈的胡蜂疼
有时候在左边的小乳头下面
模仿一颗心或一次心跳，
黄得像未炼过的硫黄，
或者我们爱过的死人的手。

胸膛一样的房间疼。
在那里白鸽像血
从皮肤下经过　在嘴唇不停留
翅膀紧闭着沉进肺腑。

白天疼，黑夜疼
风呻吟着疼，
怒气或干枯的剑疼，
那在夜里接吻的都疼。

悲伤。天真疼，知识
铁，腰肢，
界限和张开的手臂，地平线
好像卡在太阳穴上的王冠。

疼疼。我爱你。
疼，疼。我爱你。

疼，大地或指甲，
镜子，这些字在其中反射。

范晔 译

文森特·阿莱克桑德雷（Vicente Aleixandre，1989—1984），西班牙“二七一代”诗人，1977年获诺贝尔文学奖。

哑孩子

加西亚·洛尔迦

孩子将自己的声音寻觅。
（它在蟋蟀之王的手里。）
孩子在一滴水里
将自己的声音寻觅。

我喜欢这声音并非为了开口
我在用它做一枚戒指
以便将我的沉默
戴在他小小的指头。

孩子在一滴水里
将自己的声音寻觅。

（那被俘的声音，在远方
身穿蟋蟀的衣裳。）

赵振江　译

向罗马呐喊（发自克莱斯勒大厦[1]塔楼）

加西亚·洛尔迦

被一把把小巧的银剑
轻轻刺伤的苹果，
被戴着一颗火红杏仁似的珊瑚的手
撕开的云朵，
砒霜的鱼群宛似鲨鱼，
鲨鱼就像使人群失明的珠泪颗颗，
刺人的玫瑰

[1] 原译者注：克莱斯勒大厦是纽约市的一幢摩天大楼，建于1926—1930年。诗人写这首诗时，帝国大厦尚未建成，这座楼是当时世界上的最高建筑（319.4米）。

和安装在血管中的针，
敌对的世界
满身蠕虫的爱
都将在你身上降落。
这一切都在那伟大的穹顶降落
它在军人的舌头上将圣油涂抹
那里有人在耀眼的鸽子上撒尿
并唾着捣碎的煤渣
煤渣被成千上万的铃铛包裹。

因为已经没有人分发面包和葡萄酒
没有人在死者嘴上将百草种植
没有人将宁静的船帆张开
没有人为那些大象的伤口而啼哭。
只有一百万木匠
打制没有十字架的棺材。
只有一百万铁匠
为将要出世的孩子们锻造锁链。
只有怨声载道的人群
敞开衣服等待着枪弹。
在鸽子上撒尿的人本应该说话，
本应该赤裸裸地在立柱中间呐喊，
为了患麻风病应当给自己注射一针
并如此可怕地流泪
以致使他钻石和戒指的电话机溶解在里面，

然而身穿白衣的男子
不懂得谷穗的奥秘，
不懂得分娩的呻吟，
不懂得钱币会烧坏奇迹的亲吻
会给山鸡愚笨的喙涂上耕牛的血痕。
老师指给孩子们
一种来自山顶的美妙的光明，
但来到的却是一团污垢
从那里发出霍乱的黑暗仙女的叫声。
教师们崇敬地指出那些烟熏过的巨大的穹顶
然而在那些雕像下面并没有爱情，
在那些毕竟是玻璃的眼睛下面没有爱情。
爱情在被渴望撕裂的肉体
在与洪水抗争的茅草棚里。
爱情在堑壕，饥饿的发怒的人们在那里搏斗，
爱情在痛苦的海洋——它在将海鸥的尸体摇荡，
爱情在枕头下面黑暗、刺人的吻上。

但是那位具有半透明的双手的老人
会说：爱情，爱情，爱情，
为千百万在死亡线上挣扎的人发出呼声，
会说：爱情，爱情，爱情，
在柔情激荡的金线银线的织物中，
会说：和平，和平，和平，
在刀子和雷管的痛苦中，

直到人们为他装上银的嘴唇
他一直会说：爱情，爱情，爱情。
与此同时
端出痰盂的黑人们，
在校长苍白的恐怖面前颤抖的孩子们，
在矿物油脂中窒息的女人们，
锤子、提琴或云彩的人群，
要呐喊，尽管会在墙上碰得脑浆迸裂，
要呐喊，在那些高耸的穹顶面前，
要带着火的疯狂呐喊，
要带着雪的疯狂呐喊，
要用充满粪便的头颅呐喊，
要呐喊，宛如所有的黑夜聚在一起
甚至城市都像女孩子们一样抖颤
并把储藏油和音乐的仓库打烂。

因为我们想要每天吃的面包
想要桤木的花朵和永久坦诚的温存，
因为我们要求大地的意志能够实现：
将它的果实分给所有的人。

赵振江　译

让我留着这声音

路易斯·塞尔努达

让我留着这声音，
就像让潘帕草原
留着欲望的荆棘，
留着干枯的河挂在石头上。

让我活着像生锈的剑
没有柄，被丢入云彩；
我不想知道嫉妒的荣光
她长着灰烬的角和尾巴。

我有过一个月亮做的指环
悬在八月初的夜里；

我把它给了一个那么年轻的乞丐
他的眼睛像两个湖。

终于我喘不过气来，朋友们；
现在我睡了，永远不醒。
再没有自己的消息是有点悲伤；
给我把吉他止住眼泪。

范晔　译

梦 SUEÑO

圣地亚哥的教长与托雷多的大法师堂伊安的故事

堂胡安·曼努埃尔

且说在圣地亚哥有位教长，一心酷好黑魔法术，闻听人道托雷多的堂伊安执此道牛耳，便赶去托雷多城求教。这一日到了托城，进了堂伊安的家宅，那堂伊安正在一处静室读书。法师见他到了，盛情出迎，对他言道，若不吃些茶饭断不肯教他半字。主人前后款待甚是殷勤，安排宿处，一应俱备，显得对他来访欢喜非常。

用过茶饭，教长说明来意，切切央求法师一展自己所倾慕之术。堂伊安却言道，教长身份尊贵，日后必居高位，而身居高位者，常依一己心意而行，转瞬将他人的襄助抛于脑后，故而法师难免疑虑，教长一旦遂愿，只怕也会忘却自己许下的诺言。教长当下信誓旦旦，声言日后无论怎样发迹，凡法师所命无有不从。

言语间已近晚饭时候，二人约定已成，堂伊安向教长言道，此术须在幽僻静室中方可施习，是夜便带他入室直至学成。当下伊安与教长携手步入一间密室。伊安遣去旁人，又唤来一个女仆，吩咐备下石鸡做今夜的晚餐，待他下令方可烹制。

吩咐已毕，伊安请过教长，二人沿着一具极精巧的石梯逐级而下，走了时候甚久，只觉塔霍河已在头顶流过。到得楼梯尽头，赫然一处极好的住所，一间精室华屋，陈列着法术应用书卷。于是宾主落座，挑选用作入门的书目。正当此时，走进二人，送来一封教长的叔父、主教大人的书信，信上说自己已病入膏肓，见信速归或能一晤。教长闻讯为叔父的病痛哀痛不已，也为学业方启即中辍而惋惜。但他终于决意不辍学业，便写了回信，叫来人送给主教叔父。

过了三四日，又有人给教长带信来，言道主教归天，教会正遴选继任者，众人以为凭靠上帝恩典，他正堪当此任。又劝他不忙归回，选举时人不在教会倒好。

又过了七八日，来了两位穿戴齐整、服饰相似的侍从，一见面便来到教长身前吻他的手，呈上书信言道他已当选主教。伊安听了便道，何等感谢上帝，让这好消息入了他的家门，又成就了这等美事，且请求把空出的教长一席赐予他儿子中的一人。新任主教却求恳，请允许他把这位子让与他的兄弟，对法师的恩惠日后另行报答。又请法师携子随行到圣地亚哥。堂伊安答允相陪。

二人前往圣地亚哥，抵达时众人来迎，甚是隆重。住了些时候，这一日教皇的使节来到，敕令擢升他为托罗萨大主教，原主教一职许他随意安置他人。堂伊安听了，便旧事重提，为子求职。大主教却道，请允许将这位子让与他的叔父。堂伊安道，这决定于他是极大伤害，但他也勉强同意，只要日后能予以补偿。大主教应许必有补偿，并请他携子同上托罗萨去。

待到了托罗萨，当地贵胄士绅无不出迎。过了两年，有教皇的使节带敕令前来，言道教皇升他为红衣主教，并言明大主教一职可随意安置。于是堂伊安上前言道，以前允诺次次落空，这一次必无借口不予其些许恩惠。红衣主教却恳求，请允许他把这位子让与他的一位舅父，一位年事已高的贵族；他既已身居红衣主教之位，待到了教廷之后必有报恩的机会。堂伊安纵然颇多不满，也只得按红衣主教之言而行。

这一日来至教廷，所有红衣主教及教廷人等一起出迎。住了多日。堂伊安日日向红衣主教为他儿子求恩典，红衣主教每每以托辞回应。

日后教皇归天，全体红衣主教一致推选这一位做了继任。于是堂伊安近前言道，如今再无借口吝惜许下的恩典。教皇却道不必多言，待到时机合宜自然会施恩。堂伊安不禁抱怨起来，教皇回回应许却不曾兑现一件，早在二人初次会面他便有所疑虑，果然他日后食言而肥，自己已不指望能从他那里得恩惠。教皇闻言大怒道，若再纠缠便将他下在狱中，他本是异教巫师，教皇早就知悉，他住在托雷多，没有别的营生，是单靠黑魔法术为业的。

堂伊安一见教皇如此报答他的辛劳，便请辞还乡，教皇却连路上的吃食也不肯为他预备。于是堂伊安启奏教皇，既无他物可吃，他只得取回那一晚预备下的野味，当下吩咐女仆烹制石鸡。

堂伊安一言未了，教皇便发现自己身在托雷多，仍旧是圣地亚哥的教长，和初到之时一般，立时羞愧至极，不能置一语。堂伊安祝他一路走好，既已验明他的为人，那晚餐上的石鸡也就不必请他分享了。

伯爵称善，依言而行，结果甚好。

堂伊安以为这是个极好的警世故事，便命人记在这书里，有诗为证：

受恩不报者，
高升愈吝悭。

范晔　译

唐璜·特诺里奥（第三幕片段）

何塞·索里利亚

唐璜：是为了我钟声奏响？

雕像：是为你。

唐璜：那些下葬的挽歌？

雕像：忏悔的颂歌为你而唱。

唐璜：那这下葬的死人？

雕像：是你自己。

唐璜：我已经死了！

雕像：上尉在你家门口杀了你。

范晔　译

何塞·索里利亚（José Zorrilla，1817—1893），西班牙诗人、剧

作家，《唐璜·特诺里奥》是其浪漫主义名剧。此片段曾被博尔赫斯收入与比奥伊·卡萨雷斯合编的《幻想文学选集》。

都说植物、泉水和鸟儿不会说话

罗萨莉亚·德·卡斯特罗

都说植物、泉水和鸟儿不会说话，
声波和星光也不会言讲；
可他们的确说了，每当我走过他们身旁
他们窃窃私语并高声叫嚷：那是一个疯女人
梦想着生命和田野会沐浴永恒的春光，
然而转瞬间，转瞬间她就会长出白发，
冻得瑟瑟发抖，看到草原上覆盖着冰霜。

我的头上有白发，草原上有冰霜，
但我这无法治愈的梦游者，依然会梦想
田野与灵魂长久的清新
生生灭灭中的永恒春光

尽管灵魂已燃烧殆尽，田野已化作枯黄。

星星，泉水和鸟儿，不要议论我的梦想，
离开了梦想，我如何生活，又如何将你们欣赏？

赵振江 译

罗萨莉亚·德·卡斯特罗（Rosalía de Castro，1837—1885），西班牙加利西亚女诗人，著有用西班牙语创作的《萨尔河畔》、用加利西亚语创作的《新叶》等。

序文

——拟“讲故事”体

皮奥·巴罗哈

喂，姑娘，正有一点乱谈想给您讲讲哩。

“什么，乱谈？”怕您就会皱起眉头来的吧。因为您是最讨厌胡说白道的。

可是，也还是乱谈。是有些意思的一点乱谈，不过我倒觉得有什么真实的东西在里面的。哎哎，不要这么地皱起眉头来呀。用了我那里的土话来说，我虽然是一个“顽皮”，但这可不是我不好。我又有了年纪了，然而也不是我的错；就是外面铁板正经，里面有着那么一点儿的傻气和疯气，也还是不能怪我的。

“那么一点儿？”

对了，那么一点儿。可是我想，这就足够了。把我弄成这样的人，是造化。这一点儿的疯气就扰乱了我的心，常常使我的重心歪到底积外面去。

“又闹起这么麻烦的说法来了呀。”

麻烦吗？那是当然的。因为由您看来，以为既不应该，也不正当的伤，怎样在内面出着血，您简直不知道。这么一想，可就使我为难了。

“啊呀，那可不得了。我相信就是了。”

您要信得坚。从您看起来，我是一个傻子，不必量的东西却要去量，不必称的东西也要去称的人，那是明明白白……

“而且不必多说的话也要多说的。”

从您看起来，我一定是一个过重式的人吧。然而呀，我可一向自负是尖穹门式的人物哩。

“你在说什么呀？简直一点都不懂了。”

那么，您就是说，不要听我的话吗？

“那倒不是的。为什么？”

您如果肯听一会儿我的话，那就讲一个短的寓言吧。我的村子的近地，有一座早就有了的大树林，在那林子里，有好些烧炭的人们在做工，您就这么想。

啊啊，姑娘，这一开口，您就觉得已经是乱谈了吧。不过，那是不用管它的。

那些烧炭的人们里，做着大家的头目的，是叫作玛丁·巴科黎的汉子。这巴科黎有一个女儿，是四近最漂亮的人物。她名叫喀拉希阿莎，但我们跋司珂人是都叫她喀拉希、喀拉希的。恐怕您就要问头发是黑的呢，还是金黄的了吧。但是，我几乎不知道。我看见她的时候，就给那漂亮镇压住，竟知不清头呀脸呀是什么样子了。如果说这也是乱谈，那是我也承认的。老实说，因为生得太漂亮了，头呀，脸呀是什么样子的呢，就看也看不见。别的不必说，就是您……

“啊啊，胡说白道！”

玛丁·巴科黎是在想给女儿找丈夫。他是一个看过许多先前的故事的风流人，所以就想，在女儿的命名日里，邀些自以为可以中选的青年们，请一回客，从中挑一个女婿吧。您要说，这种挑选，爷娘用不着来管的吧？那是，也不错的。不过这是传统，我们的祖宗传下来的传统，那是了不得的文雅的传统呵……

巴科黎的筵席上，到了七个候选人，是玄妙的数目。因为别的许多人，都被拒绝了。第一个是退伍炮兵伊革那昴·巴斯丹，第二个是阿尔契克塞的牧羊人密开尔·喀拉斯，第三个是芬台拉比亚的水手特敏戈·玛丁，第四个是莱塞加的矿工安多尼·伊巴拉吉来，第五个是培拉的遏罗太辟台部落的孚安·台烈且亚（俗称孚安曲），第六个是奥塞的樵夫珊卡戈·莎巴来太（俗称伊秋亚），第七个是渥耶司伦部落的青年沛吕·阿司珂那，就是这几个。这七个幻想气味的人物，如果向您来求爱，怕会变成实在的七百个人吧。

“啊啊，胡说白道！”

不，正确到像宇宙引力说一样。吃了一通之后，烧炭的玛丁·巴科黎就另行开口了：“那么，诸位，请你们讲讲各样的本领吧。”他说着，向候选者们环顾了一周。

天字第一号说话的是士兵巴斯丹。他讲了在亚菲利加的冒险，用毛瑟枪的枪刺刺杀过的摩罗人的数目，救了濒死的女人们的性命，半夜里在摩洛哥平原上所遇着的危险。喀拉希一点也不感动。

“大概，是不喜欢军人吧？”我想，您是要这么问的。

“不呀，我什么也没有问呢。”

但是，她也并非不喜欢军人。其实，喀拉希是有着秘密的，有着藏在心里的很深的秘密的。

第二个说话的是看羊的密开尔·喀拉斯。喀拉斯讲了在群山中往来的生活，给山羊和初生的小羊的照管，夜里看了星辰而知道的事情。喀拉希还是不感动。

“大概，是不喜欢到外面去吧？”我看您是要这么想的。

“不呀，我并没有这么想呢。”

喀拉希有秘密，有着藏在心里的很深的秘密的。

第三个说话的是水手特敏戈·玛丁了，他讲了狂风怒涛声中的洋面的冒险，航海的危险，船被潜水艇击破时候的可怕的感情。喀拉希不动心。并不是她不喜欢水手，绝不是的。这只是因为她有着秘密，有着藏在心里的很深的秘密的缘故呵。

第四个说话的是莱塞加的矿工安多尼·伊巴拉吉来。他讲了在地下矿洞的黑暗里做工，以及掘出那藏在大地的肚子里面的矿石来，从漆黑的地狱里运到太阳照着的地上的努力。喀拉希不动心。因为她是有着秘密的，有着藏在心里的很深的秘密的。

第五个，暹罗太辟台部落的猎人孚安曲说话了。他叙述了为了找野猪，不怕深冬的寒冷、踏雪前去打猎的冒险，还讲了自己发明的各样的猎法，以及和那么凶猛的动物的斗争。然而喀拉希还是不感动。

“喀拉希是不喜欢打猎的吗？”

并不是的。还是为了她有秘密，有着藏在心里的很深的秘密的缘故呵。

第六个，奥塞的樵夫伊秋亚说话了。他就讲了树林里的冷静的生活，密林中的深入，自己的小屋子的幽静和平安……

“可是喀拉希还是不感动吧？”

当然啰，不感动。这就还是为了她有秘密，有着藏在心里的很深的秘密的缘故呵。

第七个，是渥耶司伦部落的青年沛吕·阿司珂那非说不可了。然而阿司珂那却不知道说什么才好，讲什么才好。单是糊里糊涂地不知所措，一面凝视着喀拉希。

“那么，她呢？”

她微笑着，凝视着阿司珂那，伸出手去，允许了订婚的握手了。

“为什么沉默着呢？”

为什么，就只是不开口罢了。因为所谓喀拉希的秘密，很深的秘密，其实就是爱阿司珂那呀。

喂，姑娘，这就是我们跋司珂族。正经，沉默，不高兴说谎的种族。最爱少说的人，善感的人的种族呵。

“但是，你不是很会说废话吗？”

那是，姑娘，因为在这小小的寓言里，我是代表着多话而碰钉子的军人、牧羊人、水手、矿工、猎人、樵夫等辈的呀。

“那么，也代表着傲慢、装阔、惹厌的吧。”

并且也代表着空想和梦的哩。懂了吧，姑娘？

鲁迅　译

皮奥·巴罗哈（Pío Baroja，1872—1956），“九八一代”成员，西班牙20世纪最重要的小说家之一，代表作有《冒险家萨拉卡因》（*Zalacaín el aventurero*）（1909）、《知善恶树》（*El árbol de ciencia*）（1911）等。

小孩子排队走

安东尼奥·马查多

小孩子排队走。
带走下午的太阳
在他们的小蜡烛头！

南瓜样金黄，
蓝色里，升起来
月光光，在广场！

狠狠皱眉毛。
海盗，黄发非洲佬，
红胡子翘翘。

弯刀在手上。

这些梦里的形象。

范晔 译

噩梦

安东尼奥·马查多

广场阴沉着；
白天死了。
远远听见钟声。

从阳台和窗棂
玻璃闪闪放光，
显出衰弱的反射，
好像泛白的骨骼
骷髅辨不出模样。

闪烁在整个下午
一缕梦魇的光束。

太阳在西方。
传来我脚步的回响。

——是你么？我一直在等你……
——我要找的不是你。

范晔　译

为了够着光

曼努埃尔·阿尔陀拉季雷

他们说我是天使
于是，一级又一级台阶，
为了够着光
我必须使用腿。

向上走累了，有时我滚下来（或许是我长袍的皱褶），
但一个滚下来的天使不是天使
除非他有幸抵达地狱。

而我在最深坠落中找到某种
柔软，闪耀；

我记得那香气，
有害的乐趣。

我醒来，现在
想要找到那阶梯，
没有翅膀地上升
朝我的死亡一点点挨近。

范晔 译

曼努埃尔·阿尔陀拉季雷（Manuel Altolaguirre，1905—1959），西班牙“二七一代”诗人和出版家。内战后流亡海外，后定居墨西哥。曾将修士莱昂版的《雅歌》拍成电影，回国参加圣塞巴斯蒂安电影节，不幸遭车祸身亡。

希梅内斯

伊巴涅斯

阿莱克桑德雷

佩德罗·安东尼奥·德·阿拉尔孔

巴罗哈

安东尼奥·马查多

安东尼奥·马查多与曼努埃尔·马查多兄弟

乌纳穆诺

乌纳穆诺最后一次演讲结束

塞尔努达

贝纳文特

左一为普拉多斯，右一为塞尔努达

加西亚·洛尔迦

巴列-因克兰

拉蒙·戈麦斯·德拉·塞尔纳

阿索林

鲁文·达里奥

贝尼托·佩雷斯·加尔多斯

奥尔特加·伊·加赛特

夜 NOCHE

神圣的夜晚

安布罗西奥·蒙特希诺

我们不该入眠
这神圣的夜晚
我们不该入眠

童女独自思索
该做些什么
在那大光之王降生的时刻
是为他神圣的本体
而颤抖
还是有话要和他诉说

我们不该入眠

这神圣的夜晚
我们不该入眠

她还想是否应该
满心敬虔
与他交流
因他是永恒的上帝
为爱成囚
或者因他是心爱的儿子
给他一个吻
在他微笑的时候

我们不该入眠
这神圣的夜晚
我们不该入眠

范晔　译

方济各会的诗人、修士安布罗西奥·蒙特希诺（Fray Ambrosio Montesino，1448？—1508？）是这首圣诞谣的作者。他以宗教诗人兼具的敏感与虔诚，在圣诞之夜中捕捉到一个戏剧性的瞬间：分娩的时刻临近，一个念头忽然出现在童女玛利亚心中，难以排解：该怎样来迎接这新生的婴儿？俯伏礼拜他？还是用吻将他淹没？这一位母亲所面临的两难抉择确实是所有其他为人母者所不曾也不可能经历的，因这一难题正根源于新生儿独一无二的奥秘性的双重身份：神人二性。他既是具有“神圣的本体”的“大光之王”“永恒的上帝”，同时也是襁褓中“心爱的儿子”。

幽冥夜

卡达尔索

洛伦索：我已经把坟墓的石板掀开一些了。沉得像永恒。你就能在里面见到你父亲了！你一定是爱他，为了见他花上这样艰难的夜晚。可儿子的爱啊！一位父亲尽配得上……

特迪亚托：一位父亲！凭什么？他们生育我们为的是自己的喜好，抚养我们为的是得我们的服侍，给我们操办婚事为的是姓氏的延续，随着性子责罚我们，不公地剥夺我们的继承权，因着自己的恶习就抛弃我们。

洛伦索：那便是你母亲……我们实在欠一位母亲很多。

特迪亚托：比父亲还不如呢。她们生育我们也为的是自己的喜好，或许是自己的放纵；她们不肯用奶水哺育我们，而那正是大自然赋予的唯一而神圣的用途，以恶劣的榜样毒害我们，为她们的利益牺牲我们，窃取本该给予我们的爱抚，挥霍在一条狗或一只鸟身上。

洛伦索：莫不是哪个兄弟和你这般血脉相连，以至于你非要来探访他的骨头？

特迪亚托：哪一个兄弟配得上这个词的力量？相差一岁以上的年纪，名字里几个字母的差异，同样渴望占有那权利暧昧的产业，以及类似的东西都足以在兄弟间种下仇恨，看起来更像品种迥异的野兽，而非出自同一母腹的果实。

洛伦索：我已猜到了那答案。这里躺着的，必定是你幼年夭折的儿子。

特迪亚托：儿子！后裔！这本是自然赠与她所眷顾者的财富，而今成了只该施与恶人的苦刑。一个儿子是什么？在他最初的年岁……是人类不幸的可怕写照。疾病、脆弱、愚蠢、烦扰和恶心……随后的日子……集先前的恶习于一体又变本加厉，淫荡、暴食、悖逆、野心、自大、嫉妒、贪婪、仇恨、背叛和歹意。就这样，人不再把自己看成他人的兄弟，而是世上的一个畸零者。相信我吧，洛伦索，相信我。你大抵了解死人，那是你工作的对象，而我了解活人……在他们中间我待得太久了。他们……不……没有什么他人；我便是他们中最恶者，若我任凭自己追随他们的榜样。

洛伦索：你描述的是怎样的图画！

特迪亚托：而大自然正是蓝本。我不谄媚她，可我也不攻讦她。别松劲儿，洛伦索；你所听到的这些，父亲、母亲、兄弟、儿子和类似的词都毫无意义。如果它们的意义便是我们在那些冠着名的人身上所见的，我才不愿意做什么儿子、兄弟、父亲、母亲，我甚至不愿做我自己，因为我难免会沾上其中的一样。

洛伦索：我只剩下一件没问：你寻找的尸体可是位朋友的？

特迪亚托：朋友？哦？朋友？你真愚蠢！

洛伦索：怎么？

特迪亚托：不错，你愚蠢，你值得同情，若是你相信这个词还残存着些许意义。朋友！友谊！单单凭着这美德就足以使全人类幸福了。人们有祸了，自从那一天他们将她放逐，抑或是她抛弃了他们。少了她便是一切社会动荡的肇始。大家都摆出朋友的样子，却没有一个真是朋友。友情的表象之于男人仿佛脂粉妆容之于女人。虚假欺人的美罢了……白雪覆盖下的粪堆……手彼此相握，心互相撕扯，这就是今日的友谊。你别松劲儿；我所找的不是你所想的某个人的尸体。那已经不是尸体。

洛伦索：哦，如果不是尸体，你要找什么？莫非你是想偷走庙中的财宝，它们藏在某个地穴，你认定我正在抬起的石板便是入口的门。

特迪亚托：愿你的愚昧为你开脱。让那些因着慈悲而安设，因着民间的迷信而增添，又因着祭坛执事们的贪婪而囤积的财宝好好地在那里吧。

洛伦索：我不明白你。

特迪亚托：也不必明白。卖劲儿干吧。

洛伦索：帮我一把；在那边下一只镐，跟我一起用力。

特迪亚托：这样吗？

洛伦索：对，就这样；开始松动了。

特迪亚托：两个月前谁能想到我会和这种活计扯上关系？时光比梦更匆匆，醒来时却是折磨。岁月流逝，一如火焰留下的烟雾消失在空中。你在做什么，洛伦索？

洛伦索：这气味！坟墓里传出恶臭！我受不了了。

特迪亚托：别丢下我，别丢下我，朋友；我一个人撑不住这石头。

洛伦索：我的灯笼照见那些虫子从打开的洞口里出来了。

特迪亚托：啊，我看见的是什么！我的整个右脚都被它们爬满。它们告知于我的是怎样的悲惨！这些，啊呀，你的身体变成了这些！从你美丽的眼睛生出了这些恶心的活物！你的秀发，用我狂热的激情一千次称作金黄的，比那黄金更珍贵的，却孕育出这溃烂！你洁白的手、你温柔的唇，都成了恶脓与腐臭！你这凄惨的遗骨要沦落到怎样的境地！那曾经疯魔了一切感官的倒成了对每一种感官的冒犯！

洛伦索：怎么？你哭了？……掉在我手上的这水珠定是你的眼泪……你在哭！不说话！回答我。

特迪亚托：啊呀呀！

洛伦索：你怎么了？你晕过去了！

特迪亚托：没有，洛伦索。

洛伦索：那你倒是说话呀。现在我猜着这里埋的人是谁了……你是她的丈夫吧？别因为那个我们就放弃了。石板就要移开了，只要你稍稍地帮我一下，我们就能把它掀翻。来，来，哎呀！

特迪亚托：我没力气了。

洛伦索：我们前功尽弃了。

特迪亚托：石板又落下了。

洛伦索：太阳已经露头，我们很危险，会有人来看见我们。

特迪亚托：邻近的庙里已经响起晨祷的钟声来向造物主致敬了。树上的鸟儿也一定开始演奏那最自然、最纯真也因而最高贵的音乐。总之，夜消散了。只有我的心仍在浓重可怖的阴影中。对于我，太阳永不升起。对于我，所有的时辰都流逝在一样的黑暗里。在他们所称的白昼里，我看见的一切在我眼中无非鬼怪、异象和阴影，甚至……地狱的怒气。

你说得是。我们会被发现的。藏起这镐和这锄，别忘了明天在同样的时间同样的地点。你不要这么害怕，我们也会省些时间。你走吧，我随后。

昔日我愉悦的源头……如今只为观者带来恐惧！一堆令人作呕的骨头……曾经是美好的集合！呵，你的现在便是我即临的未来；很快我将回到你的坟墓，把你带进我的家，你将安息在我的床榻，我的身体和你一起，我心爱的尸体，咽气前我将点燃我的屋舍，于是你与我，我们一起在房屋的灰烬里同为灰烬。

（第一夜终）

范晔　译

卡达尔索（José de Cadalso，1741年10月8日—1782年2月27日），西班牙作家，被称为“欧洲第一位浪漫主义者”，他的《幽冥夜》（Noches lúgubres）成书尚早于歌德的《少年维特之烦恼》。

吻（托莱多传说）

古斯塔沃·阿道弗·贝克尔

一

本世纪初，当部分法国军队占领了历史名城托莱多的时候，指挥官们知道，如果军队分散驻防，他们在西班牙的村镇将面临危险，于是首先把城里最大最好的房子征作司令部。

他们先占据了豪华的卡洛斯王宫，然后又把手伸向咨询会议大厦。当他们看到在大厦里也无法安排更多的人的时候，便开始侵占宗教团体的房子，最后，他们甚至于把神圣的教堂当作兵营来使用。在这种乱糟糟的情况下，在一个村镇上发生了我要讲的故事。那是一个深夜，有上百名高大、潇洒、健壮的龙骑兵——老奶奶们至今还用敬畏的口气说到他们——进了城。他们披着黑色的军用斗篷，胯下战马踏得石子路上迸出火星，他们的武器相碰的铿锵声和马蹄的嘚嘚声使得从太阳门到索科多维尔的狭窄而冷清的街道回响起一片震耳欲聋的噪音。

指挥这支队伍的是一名相当年轻的军官，他和他的队伍之间保持约有三十步的距离，他和另一个人小声交谈着，那个人从服装上看与他一样也是军人。

这个人步行着走在指挥官的前面，手中提着一盏灯，似乎他在当向导，引导队伍在迷宫般又暗又曲折又乱的街道上穿行。

“真的，”那位骑士对这位陪同者说，“如果给我们准备的住处就像别人所描述的那样，那么我们差不多甘愿睡在野外，或者在广场上露宿。”

“那么，您想要什么呢，我的指挥官？”向导说，实际上他是个军需官，“在阿尔卡萨连放个谷粒的地方都没有了，更别说住个人了。至于圣胡安那里就甭说了，因为有十五名轻骑兵住在修士们的禅房里。我带你们去的修道院地方还不坏，但是在三四天之前，一支在全省游动的别动队仿佛自天而降，幸亏我们最终做到让他们集中住在修道院里，而把教堂给我们腾干净了。”

“总之，”军官沉默了一刻后，似乎无可奈何地接受了这个意外得到的奇怪住地，他高声说道，“有个不舒服的住所总比没有强。无论如何，如果下雨的话——从天上密布的云来看，这是很可能的——我们就有个可遮盖的地方了。有一点儿是一点儿。”

谈话在这时中断了。跟在向导后面的骑兵沉默地向前行进，一直走到广场上。在广场的一端，醒目地出现在面前的是修道院的黑色轮廓，它的摩尔式高塔、它的钟楼、它的尖顶以及它的呈波状的黑乎乎的屋顶。

“这就是您的住处。”军需官看见修道院后，转身对军官大声说。这位指挥官命令队伍停下来，然后他下了马，从向导手中接过提灯，朝着后者所指的地方看去。

教堂已被毁得一塌糊涂，但是尽管如此，占据了修道院其他部分的士兵依然认为教堂的大门碍事。大门被东拆一块，西拆一块，早已被一点点全部拆掉了，士兵们用这些木头当柴劈，在晚上烧火取暖。

所以，我们这位年轻的指挥官无须扭断钥匙或者拧下锁头，就可以直入教堂里面了。

提灯的昏暗的光被淹没在教堂中殿的沉沉黑影之中。灯光下，走在前面的军需官的身影变得异常巨大，清晰地投射在墙壁上。指挥官在教堂里四处巡视，仔细查看里面一个又一个的礼拜堂，直到他认为对这里的情况已清楚了，才命令他的骑兵们下马。人和马都散开了，各自找地方尽可能舒服地安顿下来。

我们已经说过，教堂被彻底拆毁了，在主祭坛高高的挑檐上还悬吊着帷幕的碎布条，那帷幕是教徒们离开此地之前覆盖在祭坛上的。在中殿零零散散地有几块宗教屏风画，都歪在墙边；壁龛里的圣像都不见了。在唱诗班处，微弱的光勾画出阴暗的松木联椅的轮廓。在已经碎成几块的地板上，明显地看见几块宽大的墓碑，碑上刻满了印章、族徽和哥特式的铭文。在那边远处，在那些静悄悄的小礼拜堂的尽头，沿着交叉通道，黑暗中隐约可见一些一动不动如白色幽灵般的石像，有的躺着，有的跪在大理石墓板上。这些石像仿佛是破败的教堂里仅有的栖居者。

龙骑兵指挥官在当天已行军十四西班牙里，累得筋疲力尽。对于任何一个还不像他那样疲倦的人，对于任何一个还不太习惯于把士兵们亵渎神灵的行为看作世界上最司空见惯的事的人，只要略微胡思乱想，就无法在这个阴森而令人敬畏之处通宵安睡，因为就在教堂里，那些不敬神的士兵们大声抱怨这个临时凑合的营房，马刺的碰撞声在石板地上宽大的墓碑间回响，拴在柱石上的战马急躁地用前蹄刨地发出嘶鸣，并且摇晃着头，使拴马的铁链哗啦啦地响，这一切噪声汇合成一种奇特而令人恐怖的音响，回传在教堂的各个角落，并且在高大的拱顶下引起越来越混杂的、声声不断的回音。

我们的主角虽然年轻，但是他已经逐渐习惯了军旅生活中的各种意外事件。他刚刚安排好手下的人，就叫人给他在司祭席的阶梯下面放了一只装着马饲料的口袋，他立刻躺在上面，尽可能舒服地用斗篷裹住身体，头枕在台阶上，五分钟之后，就像约瑟国王本人在他的马德里王宫一样鼾声大作，安然入睡了。

士兵们用马鞍当枕头，像他们的指挥官那样慢慢都睡了，人语声也渐渐听不见了。

仅仅过了半点钟，就听见低低的风声从教堂尖拱的破玻璃窗中吹进来，在墙上石像的华盖下筑巢的夜鸟在屋顶下扑棱棱地盘旋，守夜的哨兵裹着宽大的斗篷，在柱廊中来回踱着，时远时近的脚步声清晰可闻。

二

在发生这个既真实又精彩的故事的时代，就像如今一样，对于那些不懂得欣赏托莱多城墙里的各种艺术珍宝的人，这个城市只不过是个杂乱的、古旧的、残败的而且令人无法忍受的破村子。

从法国军队的军官们在其占领区所干的许多留下可悲而持久回忆的破坏行为来看，他们之中什么样的人都有，就是没有艺术家和考古学家。因此，他们在这座罗马皇帝们君临过的古城中感到无比厌倦。

在这种精神状态下，能打破那种千篇一律的漫漫长日的一种微不足道的调剂，就是在这群无所事事的人们中间互相热切地拜访。所以，同事的提升，别动队的一次战略行动，外交信使的出发，或者是任何一支部队到达本城，这些都成了热门话题并引起各种评论，直到另一件事情来取而代之，并引起新的不满、批评和猜测。

因此，第二天当那些有此习惯的军官们去索科多维尔晒太阳和闲聊时，唯一的话题就是龙骑兵们的到来。在上一章里我们已经说了，他们的指挥官正在酣睡，以消除军旅的疲乏。

军官们围绕此事已经聊了将近一个小时，而且用各种方式解释这位新来乍到的人不露面的原因，因为其中有一人是龙骑兵指挥官的老同学，他已经邀他来这里见面。这时，我们那位英姿飒爽的指挥官在广场旁的一个街口出现了。他已脱去了那件肥大的军用披风并精心修饰了一番：他戴着一顶很大的金属头盔，上面饰着冠状白羽；身穿宝石蓝镶红边的制服，腰间佩着一把配有钢鞘的华美的军刀。他走路的时候，军刀随着他的军人步伐而发出有节奏的撞击声，而他戴的金马刺也随之铿锵作响。

他的同学刚一看见他，就立即起身去迎接。而几乎所有当时的在场者都跟着往前走去。他们在听说了关于这位新伙伴的不同凡俗的怪诞性格之后，都怀着好奇心想进一步结识他。

他们像惯常那样紧紧拥抱并且充满感叹地相互问候、祝贺，交换了礼物，总之就像在这种场合的习惯一样。然后他们便畅谈起马德里流传的新闻、多变的战争命运、阵亡的或不在的好友等等。谈话从一个话题转到另一个话题，最后转到这个必谈不可的题目，那就是军旅生活的艰辛、这座城市的枯燥乏味和条件简陋的住处。

一说到这些事，在场的一个人似乎听说了年轻的指挥官被迫把他的部下安顿在被毁坏的教堂里而心情不好，便开玩笑地问：

“说到住处，这一夜您在那个地方过得如何？”

“很难说。”他回答，“尽管我没睡好觉，但是我彻夜失眠的原因是值得一做的圣体守护。在一位美女身边失眠肯定不能算是这些倒霉事中最坏的一桩吧。”

“一个女人！”他的交谈者重复了一句，似乎不相信这个刚到的人有如此的佳运。“这可真是手到擒来，易如反掌啊。”

“这也许是您过去在巴黎的旧情人一直跟到托莱多，好让您这种发配式的生活好过一点。”另一个人说。

“啊，不是的！”指挥官说道，“绝不是这样。我发誓，我肯定从不认识她，而且我从未想到过会在一个如此蹩脚的下榻之处遇到一位如此美丽动人的女主人。这完全是人们所说的奇遇。”

“谈谈她的情况！谈一谈！”围在他身旁的军官们异口同声地嚷道。

他似乎准备讲述了，所以其他所有的人都专心致志地听着。于是他开始讲了：

“昨天晚上我睡着了，就像一个走了十四西班牙里路的人那样大睡。就在我正香梦沉酣之时，一声吓人的响动把我惊醒，我支起上身；而那声轰响震得我的耳朵在片刻间什么都听不见了，过后我的耳朵里嗡嗡响了一会儿，仿佛有一只大胡蜂在耳畔哼叫。你们大概已经想象得出，使我惊惧的原因就是我听到的一声该死的钟响。那钟很笨重，是个青铜制的唱诗班指挥一类的东西，是托莱多城的牧师们悬挂在他们的教堂里的，他们这样做的令人赞美的目的，就是让那些急需睡眠的人无法入睡。我嘟嘟囔囔地抱怨了几声那只钟和敲钟的人，准备一旦这反常而可怕的噪声停止后就继续进入梦乡。就在这时，一件奇怪的东西出现在我眼前并且使我的脑子受到刺激而兴奋起来。月光从大礼拜堂墙上狭窄的拱顶窗上泻入教堂，在这朦胧的光线下，我看见一位女子跪在祭坛前。”

军官们半惊半疑地相互看了看，而骠骑兵指挥官没有理会他的故事所造成的这一效果，继续讲道：

“你们根本想象不出任何与之相似的场面，那个夜间幽灵般的形象依稀浮现在礼拜堂的阴影下，就像你们大约看见过的画在彩色玻璃上的圣母像，从远处看去十分醒目，在教堂阴暗的背景下显得雪白，闪闪发光。在她的椭圆形的脸上明显看出轻微的精神上憔悴的痕迹，她的端庄的容貌充满温柔而悒郁的恬静，她的肤色白皙，细长身材的轮廓线条极其纯洁，举止娴雅高贵，她的白色衣衫轻飘飘的，这一切都使我想起我从童年时就梦想的那种女子。她们具有贞静的、天使般的外表，是少年时代飘忽不定的爱情的不可企及的对象！我觉得自己被一种错觉愚弄了，于是我眼睛不眨地盯着她，甚至于都不敢呼吸，害怕一口气会使眼前的魅影烟消云散。她一动不动。看到她的形象是如此纯洁、如此光彩熠熠，我不禁突然想到她不是人间的女子，而是一个幽灵，在一瞬间幻化成人的样子，乘着月光降临到大地上，在空中和在她身后留下蓝色的光尾，从高高的拱顶窗垂直地降到对面墙角下，打破了这个阴郁而神秘场所中的阴影。”

“但是……”他的同学打断了他的讲述，嚷道。此人一开始对这段故事抱着嘲弄的态度，尔后终于对故事产生了兴趣。“那个女子怎么会在那里的？她什么也没对你说吗？她没对你解释她为什么会在那个地方？”

“我并没准备和她交谈，因为我断定她决不会回答我，不会看我，也决不会听我说话。”

“她是个聋子？”

“她是个瞎子？”

“她是个哑巴？”听故事的人中有三四个人一起嚷道。

“她是这三者的结合。”终于，指挥官大声回答道。他略停了一下，接着说：“因为她是……大理石雕像。”

听到了这段奇遇的绝妙结尾，所有的听众都哄然大笑，其中一人对这个荒诞故事的叙述者——此间唯一保持沉默而且态度凝重的人——说道：

“原来如此！像这类的艳遇我知道得太多了，在圣胡安有一家真正的妓院。从现在起，我让这家妓院听候您的差遣，无论是要一个活生生的女人还是石雕女人，悉听尊便。”

“噢，不！”指挥官丝毫不为周围伙伴的哈哈大笑所动，继续说道，“我肯定，那里的女子与我这位女子不可同日而语。我这位女子是一位真正的卡斯提利亚淑女。由于这尊雕像巧夺天工的技艺，她似乎并没有被埋在坟墓里，而是保持着肉身与灵魂跪在墓石上一动不动。她双手合十，做出祈求的姿态，沉浸在一种神秘爱情的心醉神迷之中。”

“要照你这么说，你是要向我们证实女精灵的神话故事的真实性啰？”

“就我而言，我可以告诉你们，我一直认为那类故事是愚蠢的。但是从昨夜起，我开始理解希腊雕刻家们的狂热了。”

“考虑到你新结识的这位女士有如此不同一般的姿色，

我认为你可以把她介绍给我们。我可以说我要是见不到这位妙人儿，我就活不了了……你见什么鬼了？你似乎是不让我们见她？哈！哈！哈！太妙了，你甚至于为此而嫉妒我们了！”

“嫉妒，”指挥官急忙说道，“嫉妒……不是嫉妒男人们……然而，你们看，我的痴想已经离奇到什么地步了。在这座女人像的旁边还有一座大理石像，很庄严，看起来也像她一样栩栩如生。那是个武士……毫无疑问，是她的丈夫……那么好吧，我把一切都告诉你们，即使你们嘲笑我的疯狂也罢……我要不是怕别人把我当成疯子，我早就把他剁成碎片了。”

军官们再次哄然大笑，比刚才的笑声更响。他们用笑声向这位爱上一位石头贵妇的古怪人表示，他们为他的奇特剖白而喝彩。

“没什么，没什么。我们必须要见见她。”有几个人说。

“是的，是的。必须要了解这个石像是否值得如此动情。”另外一些人补充说。

“什么时候咱们在你们住的那个教堂里聚一聚，再喝上一杯？”其余的人嚷道。

“你们认为什么时候合适，就在什么时候。如果愿意的话，就在今晚。”年轻的指挥官说道，他已经恢复了往日的微笑，那微笑曾一度被嫉妒的怒火所驱散。“顺便说说，我利用辎重牲口甚至还带了两打香槟酒，真正的香槟，那是送给我们联队的将军的礼物中剩下的，你们知道，我们沾点儿亲。”

“太好了！太好了！”军官们异口同声地欢呼起来。

“能喝到家乡的酒了！”

“我们将高唱Ronsard[1]的歌！”

“咱们谈谈女人，顺便也谈谈我们主人的那位贵妇。”

“那么……晚上见！”

“晚上见！”

三

托莱多城那些老实的居民们早已关上了他们古旧老宅的沉重大门，上闩加锁。教堂的大钟敲起了宵禁钟声。在已变成兵营的阿尔卡萨的上空可以听见就寝号声的尾音。这时，在索科多威尔前后聚集了十到十二名军官，他们走上从那里到龙骑兵指挥官所住的修道院的路。他们个个兴高采烈，希望见识一下那尊妙不可言的雕像，更盼望着痛饮指挥官答应的香槟酒。

沉沉的夜显得很凶险。天空布满了铅色的云块。风被囚禁在狭窄弯曲的街巷中发出呜呜的咆哮，它摇曳着石雕圣像旁悬挂的小灯的残光，并且带着尖厉的呼啸吹得塔楼上的铁风向标不停地转动。

军官们刚刚看到他们新朋友住地所在的那个广场，正在不耐烦地等待他们的指挥官立即走上前去迎接。他们小声交

[1] 龙萨（Pierre de Ronsard，1524—1585），法国文艺复兴时代的诗人。

谈了几句，就一道走进教堂。在阴森的殿堂里只有一盏孤灯，在四围浓重漆黑的阴影的包围下，灯光依稀可辨。

“我发誓，”其中一位客人向周围看了看，大声说道，“这个地方是世界上最不适宜作为欢宴的场地了！”

“确实如此。”另一个人说，“你把我们带来认识一位女士，而这里却几乎伸手不见五指。”

“尤其是这里还非常冷，简直像在西伯利亚。”第三个人补充说，他把自己紧紧裹在斗篷里。

“安静，先生们，安静。”聚会的东道主打断了他们的抱怨。“安静，一切都可以解决。喂，小伙子！”他对他的一个勤务兵说道，“你到那边去找一些木柴，在大礼拜堂给我们点起一个熊熊的火堆。”

勤务兵按照他的长官的命令，在唱经处的联椅上连砍带劈，弄了一大堆劈柴，都堆放在司祭席台阶下面。然后他拿起灯笼，准备对那些精雕细刻的木刻碎片施以火刑。在碎片中间，这里有螺旋柱式的残部，那里是一座圣洁的男修道院院长的塑像，还有女人雕像的躯干，而鹰头狮身怪兽的丑陋脑袋正从这堆废品中向外张望。

几分钟以后，蓦地一股耀眼夺目的亮光照遍了教堂的各个角落。这光亮通知了军官们，欢宴的时刻到了。

指挥官在这样一个地方用隆重的礼节欢迎他的客人，就像在他家里迎接客人一样。他朝着客人们大声说：

“如果诸位愿意，我们入席吧。”

他的伙伴们装出极其郑重的样子，用一种可笑的欢迎姿态回答了他的邀请，然后他们跟在这次聚会的主角后面向大礼拜堂走去。当他走到石头台阶处的时候，停了一下，伸手向墓地方向一指，用极其文雅的言辞说道：

“我现在荣幸地向诸位介绍我魂牵梦萦的那位女士。我相信，诸位的想法和我的相一致：我没有夸大她的美貌。”

军官们顺着指挥官所指的地方望去，他们情不自禁地发出一声惊叹。

他们看到在一块覆盖着黑色大理石的拱形墓碑的衬托下，一尊女人的石雕像跪在一个供祈祷用的跪椅前面，双手合十，脸朝着祭坛方向。那女人非常俊美，任何一个出自人工的美女雕像都无法与之相比，甚至在最离奇美妙的想象中想画也画不出来。

“她真是个天使！”军官中有一人高声说。

“真遗憾，她是大理石的！”另一人说。

“毫无疑问，即使仅仅是在幻想中与这样的一位女子在一起，也足以使人整夜不得安眠。”

“您不知道她是谁吗？”几个欣赏指挥官的雕像的军官问他，而他正因自己的胜利而微笑。

“由于我回忆起一点儿童年时学过的拉丁文，所以很吃力地译出了墓碑的铭文。”他答道，“根据我的推断，她属于一个卡斯提里亚有爵位的人，这个男人是个著名的武士，曾经与大统领[1]一起远征意大利。我忘了他的名字，而他的

[1] 原译者注：指贡萨洛·费尔南德斯·德科尔多瓦（1453—1515），西班牙著名军事家，曾在意大利的塞里尼奥拉一带击败法国人。

妻子，就是你们现在所见到的这位女子，名叫堂娜爱尔薇拉·德·卡斯塔涅达。我敢说，这尊像与她本人一模一样。她可能是她那个时代最引人注目的女子。”

听了这段简短的介绍之后，那些一直盯着这次聚会的首要目标的军官们动手打开酒瓶，他们围坐在火堆旁，开始推杯换盏。

随着酒越喝越多，越喝越快，泛着泡沫的香槟酒的酒气开始冲昏了他们的头脑，这些年轻军官们越来越兴奋，叫嚷声、喧闹声越来越大。有的人朝着倚在柱旁的花岗石僧侣像投掷空酒瓶碎片，有的扯着嗓子唱起乱七八糟、不成音调的歌，而醉得最厉害的人狂笑着，拍手做鼓掌状，或者彼此争吵着，话语中夹杂着亵渎神明的言词和诅咒。

指挥官像一个绝望的人似的闷头饮酒，他目不转睛地看着堂娜爱尔薇拉的石像。

在微红的火光照耀下，通过蒙胧的醉眼，他觉得那个大理石像仿佛活了，她似乎微微启动嘴唇要低声祈祷，她挺起弯着的胸部在哭泣，她更紧地合着双手，她的双颊泛红了，总之，她仿佛因眼前的冒犯神灵的、令人反感的场面而感到耻辱。

军官们察觉到他的郁闷而忧伤的心情，就递给他一杯酒，要把他从神魂颠倒的状态中解脱出来。他们嚷道：

“来吧！您来干一杯！您是今晚唯一没有干过杯的人！”

年轻的指挥官接过酒杯，站起身，把酒杯高高举起，他站在那尊与女人像跪在一起的武士像面前，说道：

“我为皇帝干杯，为他的常胜军队而干杯，正是由于常胜，我们才能一直来到卡斯提里亚的腹地，在一位塞里尼奥拉的战胜者的坟墓上向他的妻子求爱。”

那些军官用热烈掌声应和了这段祝酒词，而指挥官摇摇晃晃地向坟墓走了几步，说道：

“你不要，”他仍然坚持对着武士石像说话，脸上挂着喝醉酒时的那种痴笑，“你不要以为由于把你看成情敌而对你心存怨恨。相反，你作为一个有忍耐力的丈夫，我敬佩你，敬佩你的宽容大度和忍让的态度。从我来讲，我也愿意成为一个宽宏大量的人……你除了是个战士，大概也是个能喝酒的人。我不能让别人说，我们干掉了二十瓶酒，却让你白白看着都快渴死了……喝吧！”

他一边说，一边把酒杯端到石像唇边。他用酒弄湿了它的嘴唇，然后把剩下的酒泼在它的脸上，当他看见酒从一动不动的武士像的石头胡须上滴落，流到坟墓上的时候，就爆发出一阵响亮的大笑。

“指挥官！”就在这时，他的一个伙伴用嘲弄的语气说，“当心您所做的事……您瞧，拿石头人开玩笑要付出很高的代价。你想想发生在波布莱特修道院中那些第五队轻骑兵们中的事吧……教堂内庭的武士们说要在某个晚上拔出它们的花岗石剑，去教训那些给它们画上黑胡子以取乐的人。”

年轻人们大笑着听完了这段经历，但是指挥官毫不理会他们的笑声，始终沉迷于自己的念头中，他接着说：

“你们以为，我相信那石像至少能喝下倒在它嘴里的酒，因此才给它斟酒的，是吗？……噢，不对！……我和你们一样不信。这些石像只是一块大理石，是从采石场开采出的那天起直到今天始终毫无生命的一块大理石。肯定地说，艺术家——他几乎就是神——给自己的作品赋予了一股生命的气息，尽管他无法使自己雕刻的石像行走和活动，但是他给它们注入了不可思议而奇异的生命，这是我解释不清的，然而我可以感觉到它们的生命，尤其是在喝了少许酒之后。”

“妙极了！”他的伙伴们喊道，“喝吧，接着喝。”

指挥官边饮酒边盯着堂娜爱尔薇拉的石像，他用更加激昂的语气说道：

“你们看她！你们看她！……你们没看见她的柔软透明的肌肤正在变红吗？……你们不觉得在她的雪花石膏般的柔嫩并且微微发蓝的皮肤表皮下面，那玫瑰红色的亮晶晶的液体在流动吗？……你们还需要更多的生命力吗……你们还要更多的真实性吗？……”

“啊，是的，当然！”在听他说话的人中有一人答道，“我们希望她是个有血有肉的人。”

“有血有肉的！……卑微，腐朽！……”指挥官喊道，“我感到我的嘴唇和头脑都在欲望中燃烧。我感到血管里火一样的热血在沸腾，像火山熔岩似的，它的雾状的热气使人神思迷乱，眼前的一切都变得奇异。那时，真实的女人的亲吻像炽热的铁似的烫着我，于是我怀着苦恼、恐惧甚至于厌恶的心情远离开她们，因为那时和现在一样，我所需要的是一股海上清风来吹拂我滚烫的前额，我需要餐冰饮雪……涂上一层微光的雪，镀上一层金色阳光的雪……一位雪白的，美丽而冰冷的女子，就像那位石雕女子一样，仿佛用她神奇的美貌在刺激我，仿佛在随着火焰的节拍而轻轻摇摆，她微启双唇，要把爱情的珍宝献给我，她用这些来诱惑我……啊，是的！一个吻……你的一个吻就可以把折磨着我的热望扑灭。”

“指挥官！”几个军官看到他像一个失去理智的人那样向那尊石像走去，眼神迷惘，步履踉跄，就对他喊道，“您别疯疯癫癫的！玩笑到此为止吧！别去骚扰那些死人！”青年指挥官根本没听见他朋友们的话，他摇摇晃晃竭力往前走，他走到坟墓前，靠近了女人石像，但是，就在他向石像伸出双臂时，在教堂里响起一声令人毛发倒竖的喊叫。他七窍出血，直挺挺地倒在地上，头抵在坟墓脚下，已经破碎了。

军官们目瞪口呆，不敢稍动一步去救他们的朋友。

刚才，就在指挥官企图把自己火热的嘴唇贴在堂娜爱尔薇拉的嘴唇上时，他们看到，那个一动不动的武士举起手，用它的石头护手甲给了龙骑兵指挥官可怕的一记耳光，把他打倒在地。

朱凯　译

水在夜里

佩德罗·萨利纳斯

水在夜里，游疑的蛇，
低声嘶叫着不知道方向；
哪一天是雪，哪一天是海？告诉我。
哪一天是云，是回声
来自你和干枯的河床？
告诉我。
——我不说：在你的嘴唇间有我，
我给你吻，不给你光亮。
你只要夜间的同情就够了
其余的都留给
阴影，因为我被创造
是为了从不发问的嘴唇的渴。

范晔 译

佩德罗·萨利纳斯（Pedro Salinas，1891—1951），西班牙“二七一代”诗人中的长兄，大器晚成的诗人。诗集有《预感》《属于你的声音》《信任》等。另有《鲁文·达里奥的诗歌》等西语文学研究著述。

夜半

埃米利奥·普拉多斯

（马拉加，1月6日）

宁静睡在海港
盖着漆红床罩，
而月亮在天上
钉下金色的锚。

心啊，
划桨！

范晔　译

埃米利奥·普拉多斯（Emilio Prados，1899—1962），西班牙“二七一代”诗人。生于西班牙南方港口城市马拉加，后因内战流亡墨西哥。

夜女士

曼努埃尔·阿尔陀拉季雷

夜女士，缀满星的
盲人的暗。

我踩着你月亮的影子
和你一路倾洒的
芬芳的边。

夜女士，缀满星的
盲人的暗。

范晔　译

可悲的战争

米盖尔·埃尔南德斯

可悲的战争
除非为爱而战。

可悲。可悲。

可悲的武器
除非它是词语。

可悲。可悲。

可悲的人们
除非为爱而死。

可悲。可悲。

范晔　译

米盖尔·埃尔南德斯（Miguel Hernández，1910—1942），西班牙诗人，内战后病死于狱中。

肖像 RETRATO

谜题

贝尼托·佩雷斯·加尔多斯

一

我要讲的这个故事发生在从前，据说是在公元某某年，要是你们喜欢的话，说是埃及历三千年多点也行。这是莎草纸上随便画出来的质朴故事，如果读者不能超越这些图画的外在，那它就属于相当无足轻重的小事；但隔着几个世纪的距离擦亮眼睛，就不难发现其中的趣味了。

那么，各位……我开始说。那天，或者那天下午，那天晚上，在埃及平原一个名叫德赫贝尔[1]·艾滋里特的地区（我们得博学点），有三人一驴正在路上。这头小驴是位年轻美丽的妇人的坐骑，她怀里还抱着个孩子；在她边上走着一位严肃的老人，手握一根木棒，既用来抽打那浅灰色的畜生，也用来支撑他疲惫的脚步。很快就能看出他们是逃亡的人，在那片土地上寻求庇护，好躲过来自别国的迫害。除了恢复体力必需的歇脚之外他们都不停留，休息的地方都找隐蔽的。荒凉的石洞，或是密林里，碰见野兽的概率比碰见人还要高。

在这里根本无法重现那些小人画描述的，确切点说，它们描绘的那位母亲极具诗意的美丽。萃取而成的百合精华被日晒镀上金色，却仍保有完美的纯洁，但想想它也还是不会懂她有多美。至于那个孩子，只能说他具备人类可能拥有的最高神性，他的双眼中蕴藏着整个宇宙，仿佛就是天地交会的神秘所在。

他们一路上匆匆忙忙，就像我说的那样，躲过人口密集的村落，只在穷人住的地方停一停求点施舍。仗着那里不缺好心人，他们才能小心翼翼地往前走，但也没少吃苦。最后他们到了一座非常大的城市边上，高耸的围墙、宏伟的建筑，这座城市的景色远远望去就已经让这些可怜的旅人又惊愕又陶醉。那位严肃的老人对这样的奇观赞不绝口，少妇和孩子则沉默地仰望着。命运眷顾，更确切地说，要感谢

[1] 德赫贝尔（Djebel），在阿拉伯语中有“山脉”之意。

永恒的上帝，给了他们一个好朋友。这是一位富有的商人，从底比斯回来，带着数不清的仆役，成群的骆驼驮着财宝。莎草纸上没说他是这些逃亡者的同胞，但从他讲话的腔调看（这不是说我们亲耳听见了），他来自红海另一边的土地。旅行者们对这位慷慨的商人讲了他们的辛苦劳顿，他就让他们住在他其中一个最好的帐篷里，还送他们精美的食物，用风趣的谈话和旅途冒险的故事使他们从萎靡中振作起来。那个宝贝孩子听故事时表情严肃，面带微笑，仿佛是大人在听那些学好功课的小孩讲话。道别的时候商人向他们保证，在整个这一埃及省份他们都不必担心受到迫害。他给了老人一点钱，还在孩子的手里放了一枚金币，大概相当于半个金盎司或者一个八倍多乌隆，它闪闪发光，两面都印着邪恶的铭文。不消说，这引起了一场严肃男人和美丽母亲之间的家庭争端，因为男人按他的精明审慎和经济预见行事，认为金币在他口袋里比在孩子手里安全得多，而他的妻子则握紧她幼子的拳头，一遍一遍地亲吻，宣称这些小小的手指可以护住世上最珍贵的宝物。

二

把驴子在城郊一家旅店安顿好以后，他们心情放松，十分愉快地进了城。当时城里正为某位国王的加冕或宣誓举办着如火如荼的盛大庆典，那位国王的名字已经被历史遗忘，不然也是用不着记住的。莎草纸上夸张地说，在一座面积赶上我们一省的广场上，一个规模宏大的集市从这头延伸到那头，其间满是五花八门的商店和货摊。我们文化里熟知的那些小气鬼根本想象不出统治这片商铺的是怎样一种热闹喧嚣。这里的织物华美无比，珠宝价值连城，金银象牙、珍药香脂，各种因其用途或仅仅是一时兴起而做出的物品不胜枚举；那边还有各种佳肴、美酒、熏香、麻醉药、兴奋剂甚至有毒的东西，能够满足各种趣味；生与死，快活的疼痛和发烧的享受。

逃亡者们在这个巨大集市的一部分里转悠，不知疲倦。老人一个摊一个摊地看过去，目光探寻着有用的东西，想把孩子的金币花掉。与此同时，那位母亲则没那么实际，异想天开的她在无尽的柔情涌动中想给小家伙找点什么玩，总之是个无关紧要的小东西，一个玩具。玩具是一直都存在的，古埃及的孩子们打发时间用的是金字塔积木，小巧精致的狮身人面像和方尖碑，玩具鳄鱼、蛇和鸭子，还有戴王冠的恶魔。

他们没花多久就找到了那位幸运的母亲想要的东西。这么多玩具！我们今天对这种有趣物件的认知跟这些玩具工业的奇迹相比毫无价值。可以说即使看上长长的六个小时也看不完这些店里的东西：粗制的小神像、鸟一样的小人、不伦不类的狮身人面像、能拆装的廉价木乃伊，总之……数也数不清。补充一下，还有装饰着宫殿和花园的剧场，哗众取宠的喜剧演员，身穿白披风、头戴变形帽的教士，埃及神牛，画着莲花的哨子，几乎没穿衣服的女祭司，戴头盔拿武器、身背十字架的英俊士兵，从古至今军事艺术创造的各种进攻和防御的小玩意儿，大人少年小孩都可以拿来解闷。

三

小家伙走在母亲和男人中间，伸着小手挨个摸，大人们慢慢往前逛，他贪玩好动，但也亦步亦趋地跟着。

这个不可思议的小朋友身上确实有些异乎寻常的东西，他在母亲怀抱里的时候是个很小很小、非常娇嫩的小家伙，就像只有几个月大的小天使，但脚一着地他就离奇地长大了，不再是个小孩子；他步履轻盈，讲起话来也流畅清晰。他深邃的目光有时悲伤，有时又十分欢快，让那些看他的人感到困惑甚至晕眩。

家长们最终就金币的用途达成一致，让他从那些好看的东西里挑些他最喜欢的。他深思熟虑地看着、观察着，每次好像要决定，又没了这个好像，一个又一个地指下去，总不表现出明确的偏好。孩子的犹豫不决某种程度上是痛苦的，就好像他怀疑天地万物都停止正常运转的时候一样。经过漫长的摇摆不定以后，他似乎下定决心了。他的母亲帮着他说："你想打仗吗，要小兵吗？"老人也帮他说："你要天使吗，还是教士、小羊倌呢？"而他无限感激地做出了回答，他含含糊糊发表的意见，翻译成我们的语言就是在说："每样都多来些。"

因为小人儿都很便宜，他们很快就挑好了许多准备带走。看那孩子幸福的表情，就知道这套精美的藏品里确实什么都有不少；趾高气扬的战士，看样子好像都是著名的领袖们：成吉思汗、冈比西斯、拿破仑、汉尼拔；留大胡子的圣徒和隐士，穿皮袄的牧羊人和其他一些活灵活现的样式。

他们心满意足地往住的地方出发了，后面跟着一群小朋友，巴不得能摸摸那些宝贝。因为东西太多，三个异乡人不得不各自拿一部分，而男孩怀里紧抱着最好的那些小人。这群小孩的数量一路上不断增长，到地方的时候，他们已经团团围住了那些可爱人像的主人。

这个逃亡者的孩子邀请他们在家门口一片宽敞的平地上玩耍，他们玩呀闹呀，不知道过了多久，总之是过了一天一夜，一夜之后又是很多很多天，数也数不清。这场奇怪的游戏有成千上万的孩子参加（有位历史学家说有上百万），其精彩之处在于那个小孩，美丽母亲的儿子，以他无疑拥有的超自然力量，神不知鬼不觉地对玩具们进行了大改造，把它们的头都换了个遍。于是领袖们长了牧羊人的脑袋，出家人身上则是士兵的头。

要是你们在那儿，还能看见拿法杖的英雄，持剑的教士，弹西塔拉琴的修女，总而言之，要多不搭有多不搭。做完这事以后，他把他的宝藏分给了成群的孩子，那时候他们的数量已经多到赶上辽阔诸国的总人口。

有个来自西方的男孩，肤色略黑，话特别多，得到了几个大头神父，和不少没脑袋的士兵。

王可　译

贝尼托·佩雷斯·加尔多斯（Benito Pérez Galdós，1843—1920）被誉为“塞万提斯之后最伟大的西班牙小说家”，著有《民族逸事》系列等。

放浪者伊利沙辟台

皮奥·巴罗哈

放浪者伊利沙辟台在那荒园里做工的时候，看见从教堂回家的玛因德尼走过，往往是自言自语的——

“那娃儿，在想些什么呢？那么样，就高高兴兴活着吗？”

在他，玛因德尼的生活，就这么觉得稀奇！像他那样，始终撞来撞去，走遍了全世界的人，这村子的镇定和幽静，自然以为是无出其右的，但未曾跨出过那狭窄的土地的她，竟不想去看戏、逛庙、看热闹的吗？不觉得要过一回更出色的、更紧张的、两样的生活的吗？因为放浪者伊利沙辟台对于这问题，不能给予一个回答，所以一面哲学家似的在沉思，一面仍然用锄子掘着泥土。

“意志坚强的娃儿呀，”于是又想，“那娃儿的心太平稳、太澄净，所以教人担心的呀。不过是不知道她怎样心思的担心，要知道她是怎样心思的担心，那必然明明白白。”

放浪者伊利沙辟台自己保证了和那担心并无很深的关系，便满足了，仍在自家的荒园里工作着。

放浪者伊利沙辟台是奇妙的样式的人。海岸地方的跛司珂人的性格和缺点，他无所不备。大胆尖酸，是懒惰者，是冷笑家。疏忽和健忘，是成着他的性格的基础的。什么事都不以为意，什么事都忽然忘怀。

在亚美利加大陆上混来混去，这市上做新闻记者，那市上做商人，这里卖着家畜，那里却又是贩葡萄酒，这之间，将带着的有限的本钱几乎完全用光了。也往往快要发财，但因为不热心的缘故，总失掉了机会。他总被事件所拉扯，决不反抗，他就是这样的人。他将自己的生活，比之被水漂走的树枝，谁也不来捡起它，终于没在大海里。

他的懒散和怠惰，不是手，倒是头。他的魂灵，往往脱离了他。只要凝视川流或仰眺云影和星光，便于不知不觉中，忘却了自己生活中最要紧的计划。即使并没有忘却这些事的时候，也为了不知什么别的事，将那计划抛开。那是为着什么缘故呢，他也常是不知道的。

最近时，在南美乌拉圭国的一个大牧场里。因为伊利沙辟台有不讨人厌之处，年纪固然已经到了三十八，风采却也并不坏，所以牧场的主人便开了口，要他娶他的女儿。那女儿，是正在和一个谟拉忒[1]谈恋爱的很不中看的女人。但是，在伊利沙辟台看来，牧场的蛮气生活是觉得不坏的，于是答应了。到得快要结婚之际，忽然，思慕起出生的故乡的村庄，群山的干草气息，跛司珂地方的烟霭的景色来。直说出本心他是做不到的，一天早上，刚在黎明，向着未婚妻的父母说要到蒙提辟台阿买婚礼的赠品去，便跨上马，又换坐了火车。一到首府蒙提辟台阿，就坐了往来大西洋的大船，于是向着自己多承照顾的亚美利加之地，十分惜别之后，回到西班牙来了。

到了故乡吉普斯珂亚的小小的村庄。他和在那里开药材店的哥哥伊革那希阿拥抱了。也去访问乳母，约定了不再跑开去。于是就住在他自己的家中。他在亚美利加不但没有赚钱，连带去的钱也不见了的这新闻，传布村中的时候，便什么人也都记得起来，他在没有出门之前，原已是一个谁都知道的愚蠢轻浮的糊涂汉。

这样的事。他全不在意。到果树园去，就挥锄。在余暇时，出力造了一只独木舟，在河里游来游去，撩得村人生气。

放浪者伊利沙辟台相信，哥哥伊革那希阿和他的妻，还有孩子们，是看不起他的，所以去看他们的时候，真是非常之少。然而不久，他知道兄嫂是在尊敬他，他不去访问，他们在责难。伊利沙辟台便比先前常到哥哥的家里去了。

[1] 原译者注：白人和黑人的混血儿。

药剂师的家是完全孤立的，在村子的尽头。对路这一面，有围以墙壁的院子。浓绿色的月桂树，将枝条伸出在墙头之上，略略保护着房屋的正面，使不被北风之所吹。院子的隔壁，便是药材店。

这房子里没有晒台，只有几个窗。这些窗的开法，是毫不匀整的。这是，无非因为有后来塞了起来的缘故。

诸君由摩托车或马车，经过北方诸州的时候，可曾见过那无缘无故，令人起一种羡慕之情的独立人家没有？

觉得那里，该是过着安乐的生活的吧，就推察出快活的、平和的生活来。挂着帷幔的诸窗，是令人想到陈列着胡桃树衣橱的广阔的房屋，摆着大的木床的很像修道院的内部；令人想到一入夜，即刻在滴答作响，高大的旧式时钟上的时间，缓缓地过去的，平安而幽静的生活的。

药剂师的家，即属于这一类。院子里是风信子、灯台草、蔷薇丛，还有高大的绣球花，有到下层的晒台那么高。沿着院子的泥墙上的干净的白蔷薇的花蔓，挂得像瀑布一般。因为这蔷薇是极其飘动，极其易谢的，在跛司珂语，就叫它“曲尔爱斯”[1]。

当放浪者伊利沙辟台很坦然地到他哥哥家去的时候，药剂师和他的妻便带了孩子们做引导，给看干净的、明亮的、芬芳馥郁的家。后来，他们又到果树园去。在这里，放浪者伊利沙辟台这才见了玛因德尼。她戴着草帽，正在将蚕豆摘

---

[1] 原译者注：狂蔷薇之意。

来兜在衣裾里。伊利沙辟台和她，淡淡地应酬了一下。

“到河边去呢，”药剂师的妻对她妹子说，“你对使女们去说一声，教她们拿绰故拉德[1]来。”

玛因德尼向家里去了，别的人便通过了成行的梨树的扇骨似的撑开了枝子所做成的隧道，来到河边的树林之间的空地里。这里有一张粗桌子和一条石凳。太阳从密叶间射进来，照着河底。看见河底上的圆石子，银一般发光，以及鱼儿在徐徐游泳。天气很平稳。太空是蓝而明，朗然无际。

未暗之前，药剂师家里的使女两个，将绰故拉德和蛋糕装在盘子上，送来了。孩子们便猛兽似的扑向蛋糕去。放浪者伊利沙辟台先讲些自己的旅行谈，还有几样的冒险故事。大家都出神地倾听。独有她，独有玛因德尼，对于这样的故事，却不见有怎样热狂模样。

“派勃罗叔叔，明天还来吗？”孩子们对他说。

“哦哦，来的呀。”

放浪者伊利沙辟台回家去了。而且想着玛因德尼，做了梦。虽在梦里看见的也还是现实照样的她。身子小小的、模样苗条的、眼珠黑而发闪的她，被乱抱乱吻的外甥们纠缠着。

药剂师最大的儿子，是中学的二年生，伊利沙辟台便教他法国话。玛因德尼也加入了来受教。

伊利沙辟台觉得很关心于这幽静的，沈著的嫂嫂的妹子

[1] 巧克力。

起来了。她的灵魂，仅仅是不知欲望，也不知企羡的幼儿的灵魂吗，这是只要无关于叫她住在一屋顶底下的人们的事，便一切不管的女人呢，他不能懂。放浪者常常屹然地凝视她。

“这娃儿在想什么呵？”他自己问，有些时候，胆子大了起来对她说道——

“玛因德尼姑娘，你没有结婚的意思吗？”

“呵，这我！结婚那些事！”

“结了婚也不坏呀。”

“我结了婚，谁来照管孩子们呢？况且我已经是老太婆了。”

“二十三岁上下就是老太婆，那么，已经上了三十八岁的这我，简直早是一只脚踏在棺材里的昏聩老头子了呀。”

对于这话，玛因德尼什么也没有说，单是微笑着。

那一夜，伊利沙辟台觉到非常关心于玛因德尼的事，吃了惊。

“究竟，是哪一类的女人呢，她？”他自己说，“骄傲的地方是一点没有，浪漫的地方也没有。但是……”

河岸的靠近狭的峡间路之处，涌出着一道泉水，积成了非常之深的池。里面的水，是不动的，所以恰如嵌着玻璃一样。“玛因德尼的魂灵，恐怕就是那样的吧。但是……”伊利沙辟台对自己说。他虽然想用这样的事，来做一个收束，然而关心总没有消除，岂但如此呢，还越发增加了。

夏天到了。药剂师家的院子里，夫妇和孩子，玛因德尼，还有放浪者伊利沙辟台每天总是聚集起来的。伊利沙辟台的谨守时间，向来没有那时的准。那样的幸福他未曾有过，但同时也未曾有过那样的不幸。

已到黄昏，空中满了星星，明星的青白色光在天空闪烁的时候，谈天也渐渐入神，随便，蛙鸣的合唱，更令人兴致勃然。玛因德尼也很不拘谨了，话说得较多。

一到夜里九点钟，听到那马夫座位的篷子上点着大灯，经过村中的杂座马车的铃声，大家便走散。伊利沙辟台心里描着明天白天的计划，向他的归路。那计划，是无论什么时候，一定团团转转绕着玛因德尼的周围的。

有时候，是颓丧地自问——

"跑遍了全世界，回到小村里来，渴想着一个乡下姑娘，不是呆气吗？对那么俨然的、那么冷冷的娃儿，什么也不说的呆子，究竟哪里还有呵！"

夏天已经过去。祭祝的时节近来了。药剂师和那家族，决计照每年一样，要到亚耳那撒巴尔去。

"你也同去的吧？"药剂师问他的弟弟。

"我不去。"

"为什么不去的？"

"不高兴去。"

"那么，也好吧。不过我先通知你，你可是只剩下一个人了呀。因为连使女们也要统统带去的呵。"

"你也去吗？"伊利沙辟台对玛因德尼说。

"哦哦，自然去的。我就顶喜欢看赛会。"

"不要当真。玛因德尼去，可并不是为了这缘故呵。"药剂师插嘴说，"是去会亚耳那撒巴尔的医生的呀。那去年很有了意思的年轻的先生。”

“这又有什么稀奇呢？”玛因德尼微笑着说。

放浪者伊利沙辟台发青，变红了。然而什么也不说。

要去赴会的前一夜，药剂师又问他的弟弟——

“那么，你同去呢，还是不去呢？”

“那么，去吧。”放浪者低声说。

第二天，他们一早起身，走出村庄，到了国道。从此弯弯曲曲顺着小路，横断了满是丰草和紫的实芰答里斯的牧场走进了山里。

朝气有些温热。山野为露水所濡。天空作近于水色的蔚蓝，撒着白色的云片。这云又渐次散成细而且薄的条纹。早上十点钟，他们到了亚耳那撒巴尔。这地方是山上的村子，有教堂，广场上有球场，有两三条并立着石造房屋的大路。

他们走进药剂师的妻的所有的独立屋子去，到了那厨房。在那里，就开始了放下投树枝入火和摇着孩子的摇篮的手，走了出来的老婆婆的大排场的欢迎和款待。她从坐着的低低的炉边站起，和大家招呼，对于玛因德尼、她的姊姊、孩子们，是接吻。那是一位精瘦的老婆婆，头上包着黑布。她有着长长的鹰嘴鼻，没有牙齿的嘴，打皱的脸，白的头。“您是，那个，到过什么亚美利加的那一位么？”老婆婆和伊利沙辟台几乎碰住了鼻子，问。

“是的，我就是去过那边的。”

已经到了十点钟了。因为这时候，大弥撒就要开头的，所以在屋子里，只留下了一个那老婆婆。大家便都往教堂去。

午餐之前，药剂师教玛因德尼和孩子们相帮，从这屋子的窗间，乱七八糟地放了些花爆。这以后，都赴食堂去了。

食桌周遭，计有二十多人，其中就有这村的医生，坐在玛因德尼的左近。而且对她和她的姐姐，竭尽了万分的妩媚和殷勤。

这一刻，放浪者伊利沙辟台感到大大的悲哀了，心里想还是弃了这村子，回到亚美利加去吧。直到吃完，玛因德尼不歇地向伊利沙辟台看。

“是在和我开玩笑呀。”他想，“知道我在想她，所以和别的男人说笑给我看看的。墨西哥湾怕再要和我做一回朋友吧。”

用膳完毕的时候，已经过了四点钟。跳舞早在开头了。医生不离玛因德尼的身边，接连地在讨她的好。于是她就总是凝视着伊利沙辟台。

到黄昏，赛会正酣之际，就开始了奥莱斯克舞。青年们手挽着手，打鼓的走在前头，在广场里翔步。有两个青年离开队伍，互相耳语，似乎略有些踌躇，但即除下无边帽来拿在手里，向玛因德尼请她去做魁首，做跳舞的女王。她竭力用跋司珂语回绝他们。看看姐夫，他在微笑。看看姐姐，她也在微笑。于是看看伊利沙辟台。这是在万分吃苦。

“快去吧，不要客气。”阿姐对她说。

跳舞以一切的仪式和礼节开首。这是可以看作原始时代，神人时代的遗风的。奥莱斯克一完，药剂师因为要舞芳宕戈，拉出他的妻去了，于是，年轻的医生，拉出玛因德尼去了。

暗了。广场的篝火都点了起来。而人们也想到了归路。

回家吃过绰故拉德之后，药剂师的家族和伊利沙辟台便向着家路，上了归途。

远远地，在群山中发出应声，听到赛会回去的人们的，略似野马嘶鸣的声唤。

在密树里，火萤好像带蓝笆的星星一般在发光，蛙儿在寂静的夜的沉默中，呱呱，呱呱地叫着。

时时，下坡的时候，由药剂师所出的主意，大家手挽着手走了。一同唱着——

Aita San Autoniyo Urquiyolacua. Ascoren biyotzeco sauto devotua.

走下斜坡去。

伊利沙辟台对玛因德尼是生气的，虽然很想离开她，但偶然竟使她跟着他走了。

挽手的时候，她将手交给他。那是纤小的、柔软的、温暖的手，忽然，走在前头的药剂师想起来了，即刻站住，向后面一挤。这时候，大家就也互撞了一回。伊利沙辟台便屡次用了两腕，将玛因德尼扶住。她有些焦躁，叱责了姐夫，就又向庄重的伊利沙辟台注视。

“你为什么这样闷闷的？”玛因德尼用了尖酸的声音向他问。那漆黑的眼，在夜的昏暗里发光。

“我吗？不知道。这是男人的坏脾气，看见别人高兴，便无缘无故伤心。”

“但是，你并不坏呀。”玛因德尼说着，那漆黑的眼凝视着他几乎要钉进去，伊利沙辟台于是非常狼狈了。至于心里想，恐怕连星星也觉得自己的狼狈。

“对呀，我不是坏人。”伊利沙辟台喃喃地说，“但是，我，像大家所说，是呆子，是废料呵。”

“那样的事也放在心里吗？连不知道你的人们说出来的那些话？”

“自然。我就怕这些话是真的呀。在还非再去亚美利加一趟不可的人，那是并不平常的心事呵。”

“啊啊，还去？说还要去吗？”玛因德尼用了沉着的调子低声说。

“就是呀。”

“但是，什么缘故呢？”

“唉唉，这是不能告诉你的。”

“如果我猜出了？”

“如果猜出了，那就可叹。因为你便要当我呆子看的。我年纪大了……”

“唉唉，那算什么呢。”

“我穷呀。”

“那是不要紧的。”

“唉唉，玛因德尼！真的么？不会推掉我的吗？”

“不，岂但不会……”

“那么……肯像我的想你一样，你也想我吗？”放浪者伊利沙辟台用了跋司珂语低低地说。

“是的，便是死了也……”玛因德尼这样地说着，将头紧靠在伊利沙辟台的胸前。于是伊利沙辟台在她的栗色的头发上接了吻。

“玛因德尼！这里来呀！”姐姐在叫了，她便从他离开。但因为要看他，又回顾了一回。而且又屡次屡次地回顾。

大家走着寂静的路，向村子那边进行。

在周围。充满着神秘的夜在颤抖，在空中星星在䀹眼。

放浪者伊利沙辟台抱着为说不出的心情所充塞的心，觉得被幸福闭住了呼吸，一面大张两眼，凝视着一颗很远很远的星。而且用了轻轻的声音，对那星讲说了一些什么事。

鲁迅　译

我的曾祖父

拉蒙·玛利亚·德尔·巴列-因克兰

堂曼努埃尔·贝尔姆德茨·伊·波拉纽，我的曾祖父，一位高挑、瘦削的绅士，绿眼睛，形象完美。他话说得少，独个儿散步，骄傲，暴躁，铁面无私。我记得有些时候，他右脸颊上有一处玫瑰疹，几近一处溃伤。村里有人传言那玫瑰疹是女巫之吻，连佩德拉亚家的姑妈们也这么说。曾祖父在我记忆中存留的形象是一位衰颓颤瑟的老人，在漫长的金色午后，徜徉在教堂的影里。那段时光在我心里有怎样温柔的回想！卢洛的圣玛利亚，你的名字是金色的！你有燕子做巢的教堂是金色的！你的石头是金色的！整个的你是金色的，领主的采邑！

我曾祖父在那里的家中只剩下一架老藤，早已不结葡萄。这样古老的家族，只能在教区的旧书里觅得回响；然而在我曾祖父的影子周遭，至今还流传着一个传奇。我记得所有的亲族都把他当作一个抑郁的疯人。我那时还是个孩子，人们的谈话总避着我；不过，我还是隐隐约约地得知，曾祖父曾经一度身陷圣地亚哥的牢狱。带着极大的苦闷，我预感那是为了某桩久远的过失而获罪，后来花费钱财重返自由。许多个夜晚，我不能入眠，想着这桩神秘，当夜深时分那位老绅士含混的声音传来，我的心便缩紧，那声音听来好像在咆哮。

我的曾祖父睡在别墅的一间大屋里，一位仆人在门下伺候。我想象他满怀悔恨，梦里被鬼怪妖魔烦扰。那位如此严厉的老人却很爱我，我以孩子的天真回报，为他的罪孽得宥祷告。待我得知曾祖父的双手是如何染上血迹，这一双手已冰冷多时。

一个晚上，我听那位老村妇讲了这个故事，她一直是家中的活历史。在圆形的前厅里，米塞拉一面纺线，一面给其他的仆人讲述着府内大观和先人事迹。关于我曾祖父，她说道，可是位好猎手，这一天下午，他打了几只石鸡回来，在山道上遇见胡宁一带的一位佃户代表正在等他。那是个瞎子，他的一个女儿牵着他的手引路。瞎子光着头迎上前去：

“是天使把您带上了这条路，我的主人！”

他的声音里裹着眼泪。堂曼努埃尔·贝尔姆德茨简短又严厉地问道：

“你母亲死了？”

“上帝不答应！”

“那你怎么了？”

“一个假见证就把我两个儿子都关大狱了。公证人马尔维多要害死我们所有人！他带着份写好的债权书走家串户，挨个儿逼人签名，不许人再到‘国王牧场’放牲口。”

为父亲引路的女孩子叹了口气：

“我在佩德罗·德·维尔莫大叔家门前看见他了。”

其他的女人和孩子也都聚拢上来，他们刚从山里回来，一个个被大捆的矮圣栎树枝压弯了腰。所有人把堂曼努埃尔·贝尔姆德茨团团围住：

“我们穷人活不下去了。我们砍柴的山要被村里的一个强盗抢去了。”

瞎子喊道：

“你们拔了舌头不说话倒好。我的两个儿子就是因为说了这些话被关大狱了。”

瞎子话音才落，那女孩子呻吟道：

“要不是病在床上，他们还要把我老妈妈阿凯达带走呢。”

据说我曾祖父听了这番话大怒，一边示意安静一边说道：

“你说，塞莱尼！说给我听！”

人们都退在一旁，只留下瞎子农夫在道中央，他光着头，秃顶被落日染成金黄。他名叫塞莱尼·德·布雷达勒，他母亲是位百岁的村妇，“山里的阿凯达”。她曾经是我曾祖父的乳娘，他很爱这位乳娘，有几次出外打猎的时候还去拜访她，在葡萄架下面陪她喝上一碗甜奶酪。堂曼努埃尔·贝尔姆德茨立在路旁的阴影中，缄默而严厉，聆听着塞莱尼·德·布雷达勒的控诉：

“把我们害惨了！现在我们不知道该往哪儿去砍柴，也不知道该上哪儿放牲口。山原本是我们的，他们用骗人的字纸、钱买的舌头做证词，把山抢走了。就为了抗议这个判决，我的两个儿子都下了大狱。我们这些农民就差脖子上拴块石头，一头扎进河里！”人群里一阵嘟囔：

“咱到哪儿能不受苦呢？”

“受累就是穷人的命！”

“太阳从来不照穷人。”

“受苦受累！受苦受累！这就是穷人的规条。”

背着柴捆的女人们和从市集回来的女人们一起，围在瞎子身边，远处有一伙刨地的人倚着锄头歇息，在田边听着。堂曼努埃尔·贝尔姆德茨缓缓地把每个人打量一遍，然后向他们说道：

“出路就在你们手上。你们为什么不杀了这条疯狗？”

所有的人立时哑了。突然一个女人揪着头发喊了起来，任凭柴捆落在地上：

“因为没有男人，先生！ 因为没有男人！”

远处飘过一个刨地人的声音：

“男人倒是有，不过他们的手被捆着。”

女人转身道：

“谁捆了你们的手？是害怕！闭嘴吧！一次征兵就抓走我三个儿子，害我落到这步田地，除了头上的天再没别个依靠，那时候有谁为我说话了？闭嘴吧！”

一个老妇人穿过玉米地走向路边，和别的声音一起回应道：

“干掉那些屠夫！非干掉他们不可！”

那正是“山里的阿凯达”。她拄着一根木棍走来，高个儿，驼背，身穿丧服。绅士看着她，满是柔情：

“你为什么离开家门，阿凯达？”

“为了来看你，我的金太阳！”

塞莱尼·德·布雷达勒失神的眼睛转向老妇人声音传来的方位中着风喊道：

“我已经把我们的事跟主人说了！”

“山里的阿凯达”坐到路边的一块石头上：

“那么该我们听您的了。您给我们什么忠告？”

塞莱尼·德·布雷达勒在一片窃窃私语声里回答：

“生来高贵的一个心思，生在土里的另一个心思。”

“山里的阿凯达”拄着棍子站起身。她曾经是个高大的女人，尽管驼了背还是显得很高，一双黑眼睛，皮肤是黑麦的颜色。

“少来这种话，我知道我的国王说什么！我养大的国王说出话来和这张泥嘴巴一样！干掉那些屠夫！干掉他们！少来这种话，我知道我的国王说什么！”

塞莱尼·德·布雷达勒大叫：

“我什么也做不了，眼睛里没有光，儿子都在大牢！”

女人们喊了起来：

“这些柴火早该用来烧死那个抢穷人的贼！”

声浪里浮起一个已经沙哑的声音：

“男人都哪儿去了？”

刹那间静了下来。一个惊恐的声音响起：

“闭嘴吧，忍着吧。每条命都有自个儿的十字架。看，那是谁来了！”

在山坡的高处，现出一位绅士，正坐在驴背上溜达着，所有人都认了出来，那正是公证人马尔维多。据说当时我曾祖父掉过头，对田边的那群刨地人说道：

“我的枪已经装好霰弹了。你们有谁想来一枪漂亮的？”

所有人一下都哑了。随即年长者中的一个出声道：

“老鹰总飞在鸽巢上头。一个死了，又来一个。”

“你们就不想试一下我这枪里的弹药么？”

好几个声音热切地回答：

“我们是些穷人，先生。我们都是平头百姓！土里生土里长的！”

“山里的阿凯达”挺起身来，揣着一满怀石头：

“我们女人要去埋了这屠夫！”

那公证员远远望见这许多人聚在路上，便要调头另抄小道。然而我曾祖父大声叫住他：

“马尔维多先生，我们在这儿久候了，等您给个公道。”

对方听了，兴高采烈地回答：

“很有必要，先生！这些人真顽固！”

他骑着驴小跑着渐渐近了。我的曾祖父，非常缓慢地，抬起枪挨近脸庞。瞄准了，便叫道：

“这就是我的公道，马尔维多先生！”

一枪把他掀倒在地，血流满面。“山里的阿凯达”张开双臂，跪在我曾祖父脚前。他把自己白皙的手放在这百岁老人的额头，对她说：

“阿凯达妈妈，你的乳汁把我喂养得好！”

所有人都逃走了，只剩下他们二人在路中央，对着死人。据“美人儿”米塞拉说，为着这件事我曾祖父在圣地亚哥的狱里关了一阵。事情是真的，不过是因为别的缘故。许多年以后，为了家谱中的一处问题，我不得不到故纸堆中翻拣，也查明那次牢狱之灾是源于陆军上校堂曼努埃尔·贝尔姆德茨·伊·波拉纽参与了教皇党人的活动。我终于对曾祖父有了完整的了解，而那时的我已经是个大学生。我觉得他是位奇人，也就分外地看重自己所承继的他的血脉。即便是如今，经历了许多梦想幻灭，我依然怀着骄傲，回忆起年少的时候，家里人都对我死了心，那些老女人常常一边画着十字一边惊叹：“又一个堂曼努埃尔·贝尔姆德茨！天哪！”

范晔　译

拉蒙·玛利亚·德尔·巴列–因克兰（Ramón María del Valle-Inclán，1866—1936），著有长篇小说《暴君班德拉斯》（*Tirano Banderas*）（1926），为拉丁美洲作家阿斯图里亚斯、马尔克斯等以独裁者为主人公的小说开创了先河。他的名剧《波希米亚之光》（*Luces de bohemia*）（1920—1924）讲述盲诗人马克斯·埃斯特雷利亚最后一夜的遭遇，是埃斯佩尔蓬托（esperpento，西班牙语中“畸形、荒唐”主义）手法的集大成之作。因克兰在剧中借主人公之口做出阐释：“哈哈镜反映出的古典英雄就是‘埃斯佩尔蓬托’。西班牙的悲剧性只能通过畸形的美学来反映……”

阿索林（1915）

胡安·拉蒙·希梅内斯

为着他刚刚哭过，就该分外地哄他高兴。你会走上去跟他说话。这没用。（几乎没用）他不回答。他不会倾诉。但在他的眼睛里，有一种轻微的讨人喜欢的蓝绿色余光，柔和亲切的对答在里面震颤着。

他写作也用眼睛。他的手，因为风湿病派不上用场——这并不十分困扰他，他不用手，今年冬天他托我找一位速记员，能捕捉那震颤的人选。他这样说的：

亲爱的胡安·拉蒙：

您能让那个会速记的年轻人明天（星期四）来我这里吗？

上午十一点或者下午四点都好。

通常该付他多少钱呢？

永远属于您的

阿索林

即日28号

就这样，他的文学成为情感的速记，从他的眼睛直接到符号，而不是写成的词语。好像艰难摸索的结果，从一处满溢的洞穴微弱流淌……但让人感觉在那里面有深不见底的东西永远放光。

和他交谈要像和一位女友交谈，在所有话都说完的时候，就用微笑和热情交流……当他走了，站在绿色的桥上，你不禁想再跟他说些什么。他停了停，很悲伤，像是要哭的样子，你被瞬间里最细微的美好浸透了。那时候，你看着他就这么走了会难受，一句话不说，留下你在花朵中间，在孤独的长凳上，更看清楚那独一的美好：金色的欧洲杨、锦葵色和玫瑰色的山峦、清澈的水泉，在纯净的回忆中间……

范晔　译

鲁文·达里奥

胡安·拉蒙·希梅内斯

他在森林里听见过上帝，在海上见过维纳斯，在潘帕草原见过考波利坎[1]，在他的广场上见过雨果，在他的花园里见过魏尔兰，当他来到西班牙，阳光和公牛的土地上，他为民

[1] 考波利坎（Caupolicán）为阿隆索·德·埃尔西亚（Alonso de Ercilla y Zúñiga，1533—1594）所著史诗《阿劳卡纳》（*La Araucana*）中的主人公。埃尔西亚曾亲身参与西班牙人在智利与阿劳科人的战争，在作品中生动地刻画了考波利坎等阿劳科英雄的形象。塞万提斯曾在《堂吉诃德》里借书中神父之口赞扬过这部殖民时期的史诗。

谣唱起赞歌。那时候正是努涅斯·德·阿尔瑟[1]的天下，没有人当真理会他。

今天，他回来了，带着同样的黄金的铁的和谐，戴着同样的玫瑰在胸前，所有人为他高唱《凯旋曲》[2]。揭开他的披挂，我们看见他的心房。其实我早已经看见，在他歌唱他的《世俗的圣歌》，迷醉在忧郁里的时候。很少有人说到，鲁文是敏感的人，他的诗行在最明艳的丝绸与最芬芳的阳光的肌体深处，有天蓝色的哀伤的底。

有人——乌纳穆诺——曾说，鲁文基本上是一个城市诗人。我不这么想。鲁文生活在城市是因为他没有别的出路。我相信他的愿望是活在广阔的原野，在雄狮与猛虎之间。

今天他为我们带来了一本诗集：竖琴的旋律、笛子的旋律、小提琴的旋律、流水的旋律、女人口中的旋律。让我们为他鲜花铺道。

肃静。

范晔　译

[1] 努涅斯·德·阿尔瑟（Gaspar Nuñez de Arce，1832—1903），西班牙现代主义诗人、政治家。著有《战斗呼声》（1875）、《短诗集》（1895）等。

[2] 《凯旋曲》为诗人达里奥的作品名。

致鲁文·达里奥

安东尼奥·马查多

既然世界的和谐在你的诗里，
达里奥，你还去何处将它寻觅？

赫斯佩里亚的园丁，大海的夜莺，
对星星的音乐感到吃惊的心灵，
狄俄尼索斯将你拖进了地狱
你可会带着新鲜的玫瑰凯旋回营？

当寻找梦中的佛罗里达和永恒的
青春之泉，人们可曾伤害你，司令？

愿你清澈的历史留在母亲的语言中。

哭泣吧，西班牙所有的心灵。

鲁文·达里奥逝世在黄金的卡斯蒂利亚；
这新的语言穿过大海来到我们当中。

西班牙啊，让我们在一块庄重的大理石
刻上他的姓名、笛子、诗琴和一段碑文：
除了潘神，谁也不能吹奏这笛子，
除了阿波罗，谁也不能弹拨这诗琴。

赵振江 译

安东尼奥·马查多

鲁文·达里奥

他一次又一次地走着
神秘而又默默无言。
目光是那样深邃
几乎无法看见。

他说话的语调
腼腆而又高傲。
他思想的光芒
几乎永远在燃烧。

他深刻而又闪光
像具有崇高信仰的人那样。

他同时在牧放
上千只狮子和羔羊。

他引导风暴
也会带来充满蜜的蜂房。

他用深刻的诗句
歌唱生命、爱情
和快乐的神奇：
这些诗句的秘密正是他自己。

一天他骑着罕见的神骏
向着不可能的世界飞奔。
为了安东尼奥，我请求诸神：
永远要拯救他。阿门。

赵振江　译

对一些人来说，活着

路易斯·塞尔努达

对一些人来说，活着就是赤脚踩在玻璃上；对另一些人，活着是面对面地看太阳。

海滩靠着每一个死掉的孩子来计算时辰和日期。一朵花开了，一座塔塌了。

一切都一样。我伸出手，没有下雨。我踩上玻璃，没有太阳。我朝着月亮望去，没有海滩。

不过如此。你的命运就是看着一座座塔耸起，一朵朵花开放，一个个孩子死去；除此之外，好像不成副的纸牌。

范晔　译

风景 PAISAJE

月光

——索里亚的传说

古斯塔沃·阿道弗·贝克尔

不知这是一段故事般的历史，或是历史般的故事；我只能说它的深处隐含着一种真实，一个悲伤的事实，而我或是最后得知它的人之一，这也和我的想象力有关。

换作别人可能更愿意根据它写出一部催人落泪的沉思录，我只把它编成了这个传说，这样读者们即使不能读出其中的事实，至少也能从中取乐。

他是一个贵族，出生在战火的喧嚣中。非同寻常的战号不能使他片刻抬起头来，也不能把他的视线从正在阅读的深色羊皮纸上的一点移开，那是来自一个游吟诗人的最后一封信。要想找到他，就不该到他的城堡中宽阔的院子里。在那儿，马夫驯服小马，侍童练习放飞猎鹰，士兵们在休息的日子里用石子把铁锤磨快。

“曼利奎在哪儿？我们的先生到哪儿去了？”有时候他的母亲这样问起。

“我们也不知道。”他的仆人回道，“可能在拉佩那的修道院回廊里，坐在一个坟墓边细细聆听死去的人们若有若无地交谈的话语；也许在桥上，看着河流的细浪在桥拱下一波一波地远去；兴许就蜷在岩石的缝隙旁数星星，让眼神随一片云游动；又或者看着蔓延的火光电闪般在湖面掠过，忘却所有。他可能在任何地方，却不在人们所在之地。”

事实上，曼利奎热爱孤独，甚至不时期盼可以摆脱影子，独来独往。

他喜爱孤独是因为在他的内心有一个神奇的世界，在那儿想象力还未受到任何束缚，诗人无拘无束的思绪和梦所衍生的古怪生灵们安居于此。曼利奎是一个诗人，他是这样一个诗人，从未有任何足以涵盖他的思绪的表达方式能让他满意；一旦这表达被书写，却不再能涵盖他的思想。

他相信在燃烧着的炙热火炭中居住着千色的烈火精灵，它们仿若金色的昆虫沿着点燃的树干飞驰，在火焰迸发出的耀目火花的环绕下舞动。他便如此在板凳上度过了那些停滞的时光，安稳地坐在那哥特式风格的烟囱旁凝神注视着火光；他相信在河水的波浪之下、泉水里的青苔之间和湖水漫起的雾中居住着神秘的女人，她们是女仙、空气的精灵或是水中的女神，从不停息地幽幽轻叹，低低歌唱或就在单调的流水声中浅浅地笑。他总试着去读出一片幽静中的水声。在云间，在大气里，在密林深处，在岩石的罅隙，他觉着自己感受到一些影像，听见了神秘的声响，那些超自然的生命，能被听闻却不可理解的言语。

爱！他生来为了梦想爱，而非感受它。他同时爱所有的女人，因为金发而喜欢这位，因为红唇而迷恋上那一位，因为摇曳的步伐如纤细的手杖而爱上又一个。他的想象甚至能教他望见掩映在银色夜雾里飘浮的月亮，或让他彻夜遥望散发着宝石光芒在遥远的夜空里颤动的星。在那些漫长而充满诗意的不眠之夜里，他感叹着：

“若拉佩那的修道院院长说的都是真的，那么这些光点是一个个真实的世界。绕着流云转动的珍珠贝星球上也住着人，在那闪亮之地的女子该是多么美丽迷人！我无法看见她们，也无法去爱她们……那是怎样的美？那又是怎样的爱？”

杜罗河的河水轻轻敲打着索里亚城墙日渐侵蚀的深色石头，河上的桥连接着索里亚城和古老的天普拉里奥斯修道院，修道院的领地沿着对面河岸延伸开。在我们谈及的那个时代，教会里的先生们已经遗弃他们年代久远的堡垒，但城墙里宽阔的塔楼依然屹立不倒。那些年月里，修道院爬满了野草和白色牵牛花的牢固圆拱仍清晰可见，风在兵器房带尖形穹顶的长廊里悲凉地叹息，高高的野草便随着那叹息轻轻摇摆。直到如今，那圆拱的一部分还留存着。在院子和花园的小径上，那些圣洁的植物不再有足迹侵扰，便不受拘束地绽放出全部的生命，不再惧怕人类之手自以为美化的修剪。攀缘植物沿着树木古老的躯干向上爬，杨树的树冠相互触碰而连成一片，树荫已覆满草地。野生的兰草和荨蔴在沙地上片片挺立，在通往濒临倒塌的工厂的路上，砾芥如头盔顶饰上的翎羽一般迎风飘扬，白蓝两色的牵牛花如秋千架在纤长柔韧的茎上摇摆，宣示着破灭和废墟的胜利。

那是入夜时分。一个温柔的夏夜，空气中涌动着芬芳和轻柔的呢喃，亮蓝而清澈的夜空正中悬着莹白宁静的月亮。曼利奎在桥上注视着城市的剪影在天际卷曲盈动的云层下越发鲜明。他走过桥，抑制着令人目眩的诗意的想象，步入天普拉里奥斯荒芜的废墟。

夜半钟声敲响，缓缓上升的月亮已抵达夜空的最高处。在走入由破败的修道院延伸至杜罗河畔的幽深杨树林时，曼利奎喊了一声，那喊声是柔和而令人窒息的，古怪地夹杂着惊讶、恐惧和狂喜。在幽暗的密林深处，他望见一个白色的形体闪了一下，又消失在黑暗中，俨然是女子的裙裾。当那痴狂的梦想者进入花园的时候，女子正穿过小径，在枝叶间若隐若现。

“一个陌生女子！在这样的地方，这样的时辰！啊！她就是我寻觅的女子。”曼利奎惊呼道，箭步追随着她，直到那神秘女子消失在浓密的枝条间。她消失了。她去哪儿了？在远处，很远的地方，越过交错的枝条，他相信自己望见了晃过的一丝光亮或一个白色的影像。

“是她！是她！ 她的双腿长着翅膀，像影子一样逃走了！”他说着，又匆忙地寻找，用双手推开毯子一般在棵棵杨树间延伸的石堆。穿过灌木丛和杂生的植被，他走到了一片被天光映亮的平地。“一个人也没有！唉，就在这里，她在这儿离开了。”他叹着气，“我听见她的脚步踏过枯叶的声响，她的裙摆拖过地面和擦过灌丛的声音。”他就像发疯了一样不停地寻找，却没能看见她。“脚步的声响还在，”他喃喃道，“她说话了。没错，她在说话了……啊，枝叶间叹息的风，低声轻祷的叶子，它们混淆了我的听觉，让我听不清她说的话……但毫无疑问，她从那里走了，她还说话了……是说话了……用什么语言呢？不知道；但那是一种外语。”

他又开始奔跑和追踪，有时似乎看见了她的身影，有时觉着听见了她的声音。他注意到女子消失其间的枝叶仍在摇晃，他想在沙上辨认她清秀的足迹；接着他坚信一种特殊的香气正阵阵传来，这香气属于那位嘲笑他并善于隐匿在茂密的杂草丛中的女子。都是徒劳！他像游魂一样四处晃荡了几个小时，不时停下聆听，和在草地上小心翼翼地爬行。他已然狂怒而绝望了，在河岸边延伸的巨大花园间前行，最终走到了圣·莎图里奥小教堂所在的岩石山脚。

“或许，从这个高度我可以在那个让人困扰的迷宫中继续追踪。”他感叹道，一边拄着他的短剑从一块岩石攀到另一块岩石。他攀到了顶峰，在那里可以眺望整个城市和蜿蜒于山脚的杜罗河的大部分，囚禁在弯曲两岸间的河水显得焦躁而阴戾。曼利奎放眼四方，随即破口咒骂。一只船正飞速驶往河对岸，月光在船尾的余波中耀眼地闪烁着。

他确信那只船上有一个洁白而纤长的身影，那无疑是一位女子，他在天普拉里奥斯看见的女子，他梦想中的女子，他最痴狂的梦想所幻化的现实。他如鹿一般敏捷地从岩石上纵身跃下，掷落碍事的带着圆而长的羽毛的帽子，脱下阔大的天鹅绒披风，闪电般奔向那座桥。

曼利奎想在船到岸前穿过桥到达城市，真是疯狂至极！当他气喘吁吁、汗流浃背地到达城市时，从圣·莎图里奥穿过杜罗河的人已经从城墙中的一个门进了索里亚。在那时索里亚城一直延伸到河岸，它那棕褐色的城墙倒映在河中，如水里飘摇的画。尽管他追上从小门进来的人的希望已渺茫，我们的英雄仍没有失去得知他们藏身之处的机会。他便紧紧地攥着这个念头进了城，往圣·胡安街区走去，开始在街道上游荡着碰运气。

当年的索里亚城街区阴暗曲折，到如今也并无改观。一种深深的安静笼着街道，只偶尔传来远处的狗吠、关门的声响和马的嘶鸣，还有地下马厩里的马前蹄刨地，拖动束着它的铁链发出的声响。

曼利奎凝神听着这些夜晚的声响，有时觉着是有人从荒凉的街道最后一个转角传来的脚步声，有时又像是在他背后杂乱的说话声，而他每一刻都渴望着在身旁看见他们。他就这样游走了几个小时，漫无目的地从一个地方走向另一个地方。最后，他在一座石质房屋前停下了脚步。面对这座幽暗而极为古老的房子，他的双眼发出难以言喻的快乐的光芒。就在那座宫殿般的屋宇其中一扇高大尖顶的窗户上，一丝柔和光线透过粉红色轻薄的丝质窗帘映在前面房子微微发暗的开裂的高墙上。

“毫无疑问，我的陌生女子就住在这里。”年轻人低声念叨着，眼神一刻也没有离开过那扇哥特式的窗户。“她就在这里……从圣·莎图里奥的小门进来……从那儿来到这个街区……在这个街区有这样一座房子，夜已过半依然有人未眠……还没有睡去？除了她，还有什么人自夜游归来，在这个时刻还没有睡去？没有别人了，这就是她的家。”

带着这个坚定的信念，他的头脑中涌动着最疯狂的幻象。他在哥特式窗户前等待着黎明，窗户整夜透着光，他也整夜没有把目光从窗户移开。

白日来临了，坚实的拱门绕着合页沉重地转动，发出长而尖锐的声响，钥匙孔上雕刻着主人家族的徽章。持盾的侍从在门口出现，拿着一串钥匙，他揉了揉眼睛，打哈欠的时候露出一排足以让鳄鱼嫉妒的牙齿。曼利奎一看见他瞬间就扑到门前。

“谁住在这所房子里？她叫什么名字，从哪里来？她为什么来到索里亚？她有丈夫吗？快说，蠢货！”这些就是他对着那可怜的侍从喊出的话，一边还粗暴地摇着他的胳膊。茫然的侍从用受了惊恐的愚钝的双眼看了他许久，终于战战兢兢地说道：

“这所房子里住着尊贵的堂·阿隆索·德·巴特贵尤斯先生，我们国王陛下的骑士首领。他在对抗摩尔人的战争中负伤，所以来到这个城市休养。”

“但是，他的女儿呢？”年轻人不耐烦地打断了他，“他的女儿呢？或者他的姐妹、妻子什么的呢？”

“他身边没有女人。”

“没有女人？！那是谁睡在那里，那个整夜亮灯的房间？”

“那里？那里睡的是堂·阿隆索先生。因为他病了，所以把灯亮到天明。”

即便闪电突然击中他的脚，也不如这些话给他带来这样大的惊恐。

我必须找到她，必须找到她。如果我找到了她，我必然会认出她的……是怎样去辨认她？这是我不能说出的……但我必须认出她。再有一次她脚步的回音，一声她的只言片语，她的裙裾，仅仅再看一眼她的裙裾，就足以让我找到她了。日日夜夜，那透明的雪白的布的皱褶在我眼前浮过；日日夜夜，我的脑海飘过她的裙子拖过地面的声响，和她不可理解的话语模糊地响起。她说了什么？究竟说了什么？唉，如果我能听懂她的话，说不定……不过就算不能明白，我也能找到她。我必然能找到她，这是我的内心告诉我的，而我的心从不欺骗我。而事实上我已徒劳地跑遍了索里亚的大街小巷，每个夜晚我在街道上游走，在街角伫立；我花了不止二十个金币访问那些房子的女主人和侍从；我在圣·尼可拉斯给一位老妇人送上圣水，她用细羊毛毯子裹着身子的方式让我觉得她是一个神；一个早祷的夜晚我像傻子一样跟随从教堂出来的副主教的轿子，觉着他长袍的末端就是我的陌生女子的裙裾。但这都没有关系，我必须找到她，拥有她的荣耀必然远胜于寻觅她耗费的心力。

她的眼睛是怎样的呢？一定是蓝色的，莹蓝湿润，像夜空一样；我多爱这样的眼睛，这眼睛会说话，这眼神多么忧郁，多么……毫无疑问，那是蓝色的，必定是蓝色的。她的头发，黑色，浓郁的黑色，长长地飘着……哦，我仿佛记起那个夜晚看见了那长发和裙子一同飘浮，黑色的。我没有骗自己，没有，那就是黑色的。细长而慵懒的蓝眼睛多么美丽！还有散开的秀发，浓黑飘逸，一个高挑的女子……修长而纤细，就如我们教堂正墙上的天使一样……此时，教堂椭圆的轮廓把花岗岩门帘的阴影笼在神秘的黄昏里。

她的声音！我曾听到过她的声音，柔和得一如风在杨树的叶间呢喃；她的脚步富于节奏，威严如音乐的节拍。这个迷人的女子，一如我少年时最摄人的梦，思我所想，恋我所爱，怨我所恨，她便源自我的灵魂，与我的生命互补，她不应该感动于我们的相遇吗？她不该如我所爱她一般爱我吗？如我现在一样，用我全部的生命，我的整个心灵爱她。

热爱幻想的曼利奎从堂·阿隆索·德·巴特贵尤斯的侍从口中得知真相已有两个月了。在这两个月中，他时刻在空气里想象一座城堡，又被现实轻而易举地打破。他寻觅那陌生女子一无所得，而内心里他对她的爱却日渐丰盈，哦，这也该归咎于那远远更为荒唐的想象力。

穿过通往天普拉里奥斯的桥后，这位沉湎在想象中的、堕入爱河的年轻人便在那些花园交错的小径中迷失了。夜宁静而恬美，月亮在夜空的最高处散发出所有的光辉，夜风在叶与叶之间异常甜蜜地喘息着。曼利奎走入修道院，四处张望，透过坚实的拱柱，那里荒无一人。他复又出来，走向通往杜罗河的幽深的杨树林。就在走入树林之时，他发出了一声狂喜的惊叫。洁白的裙裾瞬间拂过，又消失无踪。那是他梦想中的，发疯般爱着的女子的白裙。

他开始奔跑，奔跑着寻觅她。就在她消失的地方，他忽然停下了脚步，惊恐地盯着地面，一动不动地站了许久。他的四肢因着紧张轻轻颤动着，这颤动不断增强，再增强，他真正地开始抽搐了。终于他爆发出一阵大笑，那笑声响亮、刺耳而恐怖。那白色的、轻盈的、飘浮着的东西再次拂过他的眼前，在他脚边闪亮了一瞬间，仅仅是一瞬间。

那是一缕月光，当微风吹动树冠的时候，在枝叶的缝隙断断续续投下的一缕月光……

“你很年轻，你很迷人。”母亲对他说，“为什么要在孤独中消磨人生？为什么不找一个你爱的，并且爱着你让你感到幸福的人？”

“爱情！爱情是一缕月光。”年轻人念叨着。

“为什么您不从梦里醒来？”一个侍从对他说，“请您披上铁甲，下令扬起您那显贵人家的旗帜，让我们奔赴战场。荣耀就在战场上。”

“荣耀！荣耀是一缕月光。”

“您想我为你唱一首歌谣吗？摩仙·阿尔纳多，那位普罗旺斯游吟诗人编的最后一首歌谣。”

“不！不！”年轻人惊叫道，愤怒地坐在他的椅子上，“我不想要什么……换言之，我想，想你们让我独自待着……歌谣、女人、荣耀、幸福……所有都是谎言，是我们在想象中创造的虚空幻象，我们随兴地掩饰它们，我们热爱它们、追逐它们，我们得到了什么？得到了什么？最后只得到一缕月光。”

曼利奎疯了；至少所有人都认为是这样。对我而言，相反地，他是恢复了理智。

晓菁　译

赫内拉俪翡的灌溉者

胡安·拉蒙·希梅内斯

天暗下来时，我坐在水之梯上，在赫内拉俪翡，在孤独的格拉纳达。天堂般的享受在一个美妙午后接续而来，让人疲倦，我沉浸在那没有重量也没有声响的阴影里，沉浸在那正增长的大片阴影中，它用紫色漂染，用天空的透明滋养一切，直到把星星赤裸地留在各自的位置上。

水带着彩色的清凉的巨大声响将我包裹起来，那响声切近又遥远，从所有沟渠、所有水流和所有泉源发出来。水在我耳边无尽地流下去，我垂耳去听，拾捡着甚至最细弱的汩汩声，它的质感仿佛被精致美妙的和声乐器浸染过；甚至比这更好，它迷失在自己之中，已不是乐器，是水之音，源源的流水做的音乐，永不停歇。那水之音我越听越多，同时，也越听越少；少是因为它不是外人的，而是私密的我的；那水是我的血液、我的生命，我听着我生命的音乐，还有流水中的我的血液。透过水，我和世界的内在连在了一起。伴着渐暗的天色，伴着潺潺响声，格拉纳达的水听起来越发细腻；她也让我更细腻了些，再细腻了些，让灵魂响了起来，反复地响，直到我不再听见，直到她说起它毋庸置疑所是或所说的东西，她就是那它所是或所说的东西。

……我用余光觉察到，有个瘦削的人影站在暗淡的空地上，整个人孤独而安静，他听得入神，完全化作了尖尖的人影；另一个像我一样的人影，在阶梯的栏杆旁。我觉得他在小心又迟疑地接近我。最后，他带着一种丝毫不会阻止我听水的语气说起来。他说：

“听水呢么？”

“是啊，先生。”我一边回答，一边在自己的梦里站起身来，“看起来您也喜欢听她。”

我们两个人，我在休息，摊在台阶上，他在栏杆的另一侧，水不断地来，在每一秒中用一瞬来看看我们，而后又逃走，也许，停下一刻来瞧瞧上面，向下面说些话，唱着，微笑着，痛苦着，迷茫着，再一次离开，带着令人着迷的显现和缺席，带着我不知是什么的事实和我不知是什么的谎言。

“其实我不是非得喜欢的，先生。”他对我说，“要知道我已经听了三十年了。”

“三十年。”我对他说，不明白自己是从什么日子说出的话，也不清楚我的口到底对他说的是多少年。

“您想想她跟我说过多少事情……我又听她说过多少

事情。”

随后，那影子顺着夜下去，在黑暗中、在水里消失了。

轩乐　译

夜蛾王国

胡安・拉蒙・希梅内斯

在格拉纳达，这样一栋被弃置的、失落的、废墟般的房子，披着一种不寻常又揭不下的灰色。比起半死不活者所居的遗忘之宅，它更像是亡故者所住的苟活之屋，有着复杂的特质，邻里把它当作葬骨壁龛忍受着，但它还一样要交正常的官税。丢了工作、在它里面活着或死着（总是为了些什么，这点毫无疑问）的人，用难以相恰的灰衣裳装点着它奇异的安静。

褪色的猫，标本般的猫的幽灵，头上、脊背上、尾巴上都布着残败的污点；睁着彩色玻璃样的浑浊眼睛，从一扇扇没了框的斑驳的窗子跳进去，又出来；它们为着奇异的需求来来去去，穿过绿色的空旷洞穴、摇摇晃晃的小梯子、让人弯腰的屋顶，仿佛一些传话的小侍从，诉说着那个不妥之物的王国不可能存在。

有时，可以从一座独一无二、难以到达的高处宅院无意瞥见那栋疏离的房子：一种胆汁与石灰做成的生物所从事的秘密活计被打断了，他在诡异的迟疑一刻，从隐秘的小庭院望见了那建筑，向它投去了红色的、凸起的目光，像只被困住的老鼠，或是只要吐水的蛤蟆；或者，那栋房子正从某个优柔而迷茫的角度面对达罗河，恰巧呼应着不知哪个不合时宜的奥秘。那几乎是水的水啃噬着它腐烂的部分，蜇刺着它被尿浸过的地方，让不真实变得更加确凿无疑。

而她，因这不再重复又令人难以置信的情景而出现的她，比它、比那尖顶瞭望台更高的她，在褪色橱窗的千百节日的铁片花朵间的她，就是（口中的苦楚、体内湿气造成的寒战这样告诉我们）女王，没有缀饰、指甲很长、缎布带着干掉的汗液紧贴骨骼、脚穿破烂皮靴的女王；像爱情一样，一生只能见一次的女王；格拉纳达永久的夜蛾王国的没有穿贴身衣物的女王。

（我的父亲年轻时生活在格拉纳达，他曾和我说起过这女王。但那时我并不明白。）

轩乐　译

祷告

皮奥·巴罗哈

他们是十三个。是为危险所染就，惯于和海相战斗，不管性命的十三个。他们之外，还载着一个女子，是船长的妻。

十三个都是海边人，备着跋司珂种族的特色。大的头，尖的侧脸，凝视了吞人的怪物一般的海，因而死掉了的眼珠等，便是。

坎泰勃里亚的海，是熟识他们的。他们也熟识波和风的。

又长又细，漆得乌黑的大船，名叫“亚兰札”。跋司珂语，意义就是“刺”。短樯一枝，扬着小小的风帆，竖在船头上……

傍晚，简直是秋天。风若有若无，波是圆而稳。很平静。帆几乎不孕风，船在蓝海上，带着银的船迹，缓缓地移动。

他们是出穆耳德里珂而来的，要趁圣加德林节，和别的船一同去打网，现在正驶过兑巴的前面。

天上满是铅色棉絮一般的云。云和云的破绽间，露着微微带白的蓝色。太阳从云缝中，成了闪闪的光线，迸射出来，烧得通红的云边，颤抖着映在海波上。十三个男人都显着茫然的认真的相貌，几乎不合口。女人是颇有些年纪了，用了粗的编针和蓝的毛线团，编着袜。船长是庄重的寂静的脸相，将帽子直拉到耳朵边，右手捏定代舵的楫子，茫然凝视着海面。毛片不干净的一只长毛狗，在船尾巴，坐在靠近船长的椅子上，但它也同人们一般，漠不关心地看着海。

太阳渐渐下去了……上面，是从火焰似的红、铜似的红，到灰色的各种的调子，铅的云、大的鲸形的云等。下面，只有带着红、淡红、紫这些彩色的海的蔚蓝的皮肤。间以波的旋律的蜿蜒……

船到伊夏尔的前面了。山气浓重的陆风拂拂地，在海岸上，已看见向着这面的崖壁、山岩。

突然，在这黄昏的临终之际，伊夏尔的教堂的时钟打出时辰来了。于是“三位祷告”的钟，便如徐缓而有威严的庄重的声音一般，洋溢在海面上。船长一脱帽，别的人都学着他。船长的妻从手中放下了编织。大家就一面看着弯弯曲曲的平稳的海波，用了重实的沉郁的声调，一司做祷告。

天候一晚，风已经大了起来。布帆一受空气的排扇，鼓得圆圆，大船在黑色的海上剩下银的船迹，向暗中的海直闯进去……

他们是十三个。是为危险所染就，惯于和海相战斗，不管性命的十三个。

鲁迅 译

沉默的窟

乌纳穆诺

在王国的中部，有一个浓密的大树林。在这林中，有着四季不凋的树叶的各种树木欣欣向荣地生长着。在秋日，它们并不变成黄色，在春天，它们也用不到再披上嫩绿的衣裳。阳光并不射进去温暖小草，因为枝叶是太浓密了。几条溪水在树林里蜿蜒地流着。没有野兽去侵害它。几条被那些到那里去的人物的脚步所踏成的，而且总是沿着溪岸的简单的小路，通到那在树林中央的一块空地上。

没有人能够记得在那块空地曾经下过雨；一个很古而有根据的传说又主张说在这块树林的空地上，是从来也没有下过雨。即使在那风雨的日子——这种日子是很少的——云中也好像一定有一个洞似的，保护着这块神秘的空地免为天上的水所沾湿。而那个窟便是在这块空地上。

这个窟是由岩石的一个口子、一个石头的洞口组成的，里面有一条小路通下去，很险峻，但是走起来却并不难。这小路通到洞里去，一直到有两百步路远近的地方，它突然弯到一块凸出的石崖后面去，便看不见了。

没有人知道，也没有人会知道，在那块石崖后面的窟的底里到底有些什么：走过了那一个地点而回来的人是一个也没有，而且也没有人通一点可以使人猜想出他们的命运的音信出来过。儿童、青年人、中年人——女人、老人——康健的人和疯儿，不幸的和快乐的，都走进去过；但是没有一个人曾经传出一点点的里面是什么的暗示来过。他们只要一拐弯，从此便不知道他们的消息了：既没有坠落的声音，又没有叫喊，更没有呻吟，甚至连叹息的声音都没有。他们是在完全的沉默中被吞下去了。

可是这窟的这种沉默是只在当它接受它的舍身人的时候才有的，有些日子，尤其是在秋天，在有些时候——在薄暮时分——从窟底里便发出一种笼在香雾里的，醉人而非人间的，神秘的音乐来。传出来的声音好像是人数繁多的赛会行列的歌，一种好像是由许多人唱出来的，回荡而忧郁的歌。但是这种辽远而优美的怨歌的忧郁却是非常温柔而甜美。一听到了这种声音，那些继续地在窟口的周围徘徊着的大部分的人便立刻要冲到窟底里去。

各种的探讨都做到了，把一个人身上缚了一根结实的绳子叫他进去，这样如果他一通信号，人们便可以把他拉出来；可是每次做这种试验的时候，结果总是一点信号也没有，拉出了那根解松的绳子而已。有一次，人们在一个人的腰间缠了一条金属的腰带，腰带上镶了一条铁链放下去，可是他们却拉出了腰带和铁链，人却没有了。他怎样能解脱自己呢？……又有一次，一个人带着一个自己的朋友的尸身下去——他们想知道这窟是否也接受死人的。第二天早晨，人们在拐角前面的那条小路上发现了那个尸身；但是那个带着死人下去的活人却一去无消息了，正如往常的情形一样，从此以后，可以断定这窟是只让活人进去的了。人们想了另一种法子而试验了几次；那就是把动物赶进洞去。它们过了一会儿便出来了，可是它们是惊怖而昏乱地出来的；而它们一生便从此不作一声了。它们出来之后都变成哑子了。从那窟里出来的动物：狗、猫、羊、牛、狮、鹅，在它们以后的一生中都不叫了。而且从来没有人看见一只蟾蜍、一只耗子、一只蜥蜴、一只苍蝇或是一只蚊子进洞去过。

人们也几次试验叫几个人互相紧握着手下去。当第一个人走到转弯的地方而转了弯，他便放松了自己旁边的那个人，随便那另一个人握得怎样紧也没用，于是他便在窟底的沉默之中消失了；否则便是整排的人都不见了。

各阶级的人都在那神秘而音乐的洞里失去过。有一次一个一家之父被那神秘拉了进去，他的儿女们都聚集在洞口呼喊他："父亲！父亲！"接着他们便都继续着被拉进去了。可是那使国王和全国惊恐的，就是常常有一对对的青年情人和青年的新婚夫妇都会让自己被那洞窟吞下去，这是一种受人爱好的蜜月旅行，一种没有归期的旅行。照这王国的繁生的习惯，一家人家大都是有十个以上的孩子的，这种青年夫妇的继续失去使主治者十分不安。

一条神圣的条例下给全国家的王侯，叫他们把到那窟里去的道路都断绝交通。而且甚至有一个王侯也在那里失去了，从那个时候起便没有人敢走近那面去了。可是那不能避免的魅力是那样的大，以致不得不决定在洞口派守卫兵站岗，用武力去防止任何人进去。可结果是连守卫兵自己也进去了；而当那些守卫一屈服了之后，那些逗留在外面的人便也都跟着下去了。

可是那些自杀者的行为是很奇怪的。在这国家里不会有这种行为的发生好像是当然的事，因为凡是一个人厌倦生活，他只要到窟底去，用不到自杀的，然而事实竟并不如此。在这王国的这神秘的窟那里，发生过许多的自杀事件，而大部分的人却都是正在洞口边自杀的。这可以观察出他们是想走进去的，可是在还未达到那致命的转弯的地方之前，他们走了几步便回身了。有一次有一个穷人患了一种忍无可忍的苦痛的长病，他便自杀了，他留下了一封信，信上说他之所以到洞边去而又回来，便因为他怕在洞里还会继续痛苦而不能自杀——因为怕一种永久的痛苦。政府拿这窟来做处死刑之用。不把定罪的人处死，而把他们送进窟里去；他们当然是十分高兴受这样的处置的。然而，并不是大家都是如此。有几个人恐怖地战栗起来不肯进去，即使洞口的弓手们恐吓着他们说要把他们射死，他们还是不肯。有几次那些兵士是不得不把那宁可死而不愿葬身在里面的罪犯的尸体从洞口转弯的地方抬出来。

有一次从一个辽远而渺茫的国度，从一个不可考的迢遥的地方，来了一个盲目的老乞丐，伴着一个年轻的孩子。那老人说着他自己的方言，一种在这王国里绝对听不懂的方言。当他和那领导着他的孩子说话的时候，虽则他的话很简短，却没有一个人能猜得出他是在说着什么。但是这孩子却稍稍能说一点这王国的语言。这老人有时唱着歌；而他的歌声却和那在秋日的薄暮，笼在醉人的香雾中从那窟里面升起来的辽远而神秘的歌声，微微有点相似。这种歌好像是马大和马利亚的兄弟拉撒路被基督从坟墓里救起后，在第二度生命中工作时所唱的歌[1]。每一个人都停了下来听这盲目的可怜的老人；而一切听了他的歌声的人，便都跃跃欲试地要到树林里去，一直到达那块空地在窟里消失了自己为止。

有这样一回事发生了：那个盲目的老乞丐和那个孩子竟移步向树林中去，接着到了那块空地，接着又向窟里走去；那老人由那孩子领导着，排开密密丛丛的群众，唱着歌顺着小路走进洞里去。那个领导着他的孩子并没有回来；但是那盲目的老人却回来了——几百年中仅有的人！女家都拥挤过去看他。他盲目着回来，像他进去的时候一样。而且他所说的话没有人能懂得一句；而且也没有人能从他的音调、他的手势，或是他的举止上推测出什么东西来。他后来在浓密的树林中不见了，从此便没有人听得他的消息了。但是他的从窟底的归来，这唯一的归来，却在人们的心头印了一个不可磨灭的印象。

在这王国里，整个的绝对、整个的生命，是依赖着这个

[1] 见《新约·约翰福音》第十一章。

窟的秘密而存在的。一切的艺术，所有的科学、文学、政府，一切都是集中于它的。人们死在那儿，正像死在任何地方一样。哦，是啊，大部分的居民都是像别国一样地，因同样的病，取同样的方式而死的。

在窟口的附近，时常有一大群迷醉了的人聚集着，他们在那里度时，度日，度月，度年，有的竟度尽了终生，凝看着那小路的拐角处。而当从洞底里传出那由一个辽远的合唱队唱着的甜美而忧郁的歌声来的时候，这大群人便聚在一起，陶醉于这奇异的音乐和那同样奇异的笼着音乐的馨香。这些不幸的人大部分都不敢走到里面去，于是他们渴望着窟底，在窟口的附近可怜地死去。这树林附近的树丛里，搭满了茅舍和篷帐，那便是这些迷醉了的不幸的人的蔽身之处，而每当一个人最后决意进洞去的时候，其余的人都恐惧地又艳羡地凝望着他。虽则是屡次失望，在话别的时候，他们还老是，老是，老是对那进洞去的人说：“让我们知道里面究竟有些什么吧。我们叫你的时候回答我们啊。”可是回答的人却一个也没有。

在这王国里有许多人，当然是大多数人，从来没有走近窟去，或甚至走近那包围着这窟的树林去，但是他们也像别人一样地迷醉着这窟的秘密。有几个人——这种人为数也不少——竟认为这种东西是不屑谈起的；但是或许他们竟是那最关心着它的人。而那些否认这样的窟的存在的人，虽然是屈指可数，但也竟有几个。

在这王国里，一切的哲学，一切的科学，一切的文学，如我们前面所说过的一样，都满布着这个洞的秘密；而那特意想使人不晓得这个秘密的一切的哲学、一切的科学、一切的艺术、一切的文学，大部分反都充满了这秘密。人们越是不大说起它，它越是要印到人们的想象中来。

在这王国的思想家之间，关于这个窟洞有些什么的假设和学说是数不尽的。这也是当然的事情。有人提议叫工程师开辟另一条道路通进去，但是无论如何也找不到一个敢下第一锄的工人。此外，人们记得有一位王侯曾经要把这窟口用一道墙围起来，但是那些开始工作的人，不是丢开了工作走进洞去，便是不久就死了。而且每天早晨，总是发现前一天的工程已经被毁了。为了这个缘故，这计划便不得不抛弃了。

在邻近的人们之间，这个窟的秘密是一种混着恐怖的谈笑的主题。到这个王国里来探讨这秘密的一切的外国人，不是什么也没有探讨出，便是不回去对人讲他的所见了，因为他们已屈服于这奇异的魅力而消失在窟里了，或则便是他们甚至连这个树林也没有能力进去，便回去了。那走进了树林，一直走到那永不下雨的空地的外国人，总是走进窟底里去的。这是没有例外的。

至于那些连树林也没有能力进去——树林对于他们起了一种那么大的推拒力——而拿自己所听到的那些从来没有进去过的人说的话，来做报告的根据的外国人，有的则推说这完全是闹着玩的，别的一些人则耸耸肩．还有一些人则对于这事做了一个象征的解说。

然而，这种象征的和譬喻的解说，是最不被那些知道一点树林中的东西的人所信任的。这绝对不是一个象征，却是一个很实在的现实。

这绝对不是一个象征，绝对不是的，也绝不是什么譬喻。这绝对不是抽象的思想，不是披着具体而譬喻的形式的衣裳的社会学的见解。全不是的。

昨天，这在我的巴思葛山间的那么可爱的九月的第八日，我沿着波特隆河岸漫步经过波特隆堡；那条河便是高尔里斯滩的边界。后来我回到了比尔巴奥。回到了我的那个比尔巴奥，而到我儿时住过的那间房间去就睡。我在床上辗转反侧着，预备着后天我要说的关于那在盛年死去的比尔巴奥的雕刻家奈梅西奥·毛格洛凡何的演说词，好久才睡熟。

毛格洛凡何的作品之中，有一件表现着乌哥里诺伯爵的苦痛[1]的浮雕，正如檀德在他的《神曲》里那么精细地讲给我们听的一样。而昨夜我是心里念念不忘地想着《神曲》，在辗转了多次之后才睡熟的。

在子夜时分，我被一片很响的霹雳声和骤雨声所惊醒了，在醒来的时候，我发现我已知道了这窟的秘密的故事。我是第一次知道它，以及它的固有的矛盾，并没有什么说明或是象征。我全盘、整个、详细地知道。我点起了灯开始写它出来，写它出来叫人传抄。

叫谁传抄呢？我不知道。这故事从哪里来的？我也不知

[1] 原译者注：Ugolino della Gherardesca，比赛（Pise）之暴君，为其仇人投入一塔中饿死。檀德（今译为但丁）之神曲曾述其事，言乌哥里诺噬其行刑人之脑盖。

道，我只知道这不是一个象征，这不是一个譬喻，什么也不是。有人将它告诉了我——我也不知道这人是谁——于是我便像那人告诉我一样地告诉了你们。

戴望舒　译

塞维利亚（节选）

胡安・拉蒙・希梅内斯

圣周五拂晓

在满是蜡烛味道的街上，在摆着花盆的屋顶平台上，渐渐看到银色的光，又在清凉纯净的晨曦的蓝，未脱黑色的蓝，听到看不见的鸽子飞翔。

瓜达尔基维尔

谁能想着一条河却不知道它的名字呢？这一条塞维利亚的河是明亮的，被一百架竖琴的黄金浓浓地膏抹，悠悠地铺陈，像一串流动的水晶音节。世上还有哪条河流的名字比它更像河流，更悲伤？GUADALQUIVIR……字母G写在山间，写在夹竹桃丛中，字母R张开又闭合在圣卢卡尔，最后挂在大西洋的M上。

燕子

每一次我来到塞维利亚，不管夏天还是冬天，春天还是秋天，总觉得燕子飞回来了，不是贝克尔的燕子，是全世界的燕子。

贝克尔

在塞维利亚有一团雾，最明亮的阳光也驱散不了它。从一边到另一边，但从不消失。就好像恍惚的眼睛对面看见的星星。那是贝克尔。是贝克尔吗？是贝克尔！

范晔 译

夕阳诗人之歌

胡安·拉蒙·希梅内斯

被黄色的夕阳一衬，树木和飞鸟显出黑色。地面的绿是天鹅绒的黯然，溪水让玫瑰色的秋水仙怀抱着，一边流淌一边无声地呜咽。在树冠间有夜风的声响，在遥远僵直的树干那边，有迟到的灯光。

诗人，苍白和失偶的，穿着黑衣，在读一本爱情小说。

范晔 译

吉诃德 QUIJOTE

西班牙思想录（节选）

安赫尔·加尼韦特

所有的民族都拥有一个真实或想象的人物，在他身上展现民族的特性；在所有的文学中我们都能找到一部杰作，那个典型人物在其中行动，接触所在时代的社会并经历一系列漫长的考验来磨炼他的灵魂，那也是他的民族的灵魂。尤利西斯是典型的希腊人：在他身上汇集了雅利安人一切的品德，谨慎、坚韧、勇气、自制力，以及闪米特人的狡黠和资源丰饶；如果将其与任何日耳曼民族的领袖人物相比，我们就会得出比天平称量更为精确的结论，看出希腊人从闪米特人那里有多少精神收获。我们的尤利西斯是堂吉诃德，在堂吉诃德身上可以轻易看出灵性的变形记。主人公越发净化自我，为了行动需要摆脱物质考虑的重负，卸到一位侍从肩上；这样才能自如地行进，他的行动成为无尽的创造，人类的奇迹，一切理想的理想化身。堂吉诃德不存在于阿拉伯人到来之前的西班牙，也不在阿拉伯人统治的时代，而是在光复运动完成之后。没有阿拉伯人，堂吉诃德和桑丘只会是一个人，尤利西斯的仿本。如果在西班牙之外寻找现代的尤利西斯，我们找不到哪一个能胜过盎格鲁-撒克逊版的尤利西斯——鲁滨孙·克鲁索；意大利版是神学家尤利西斯，即《神曲》中的但丁本人，德国版是哲学家尤利西斯——浮士德博士，但二者都不是有血有肉的尤利西斯。而鲁滨孙的确是自然的尤利西斯，但却远逊前者，因为他的闪米特性模糊不清，他的光彩不属于自己；他的天才只体现在与自然抗争；他有能力建造一个物质的文明；他渴求权柄，对他人的“外在”统治；然而他的灵魂缺乏表现，也不懂得与其他灵魂交流相处。桑丘·潘萨学会读写之后可以成为鲁滨孙；而鲁滨孙，在困窘时，可以放下优越感来担任堂吉诃德的侍从。

范晔　译

安赫尔·加尼韦特（Ángel Ganivet），西班牙作家，外交官。1865年出生于格拉纳达。1898年因家国与个人的双重危机，在里加（拉脱维亚）投水自尽。著有《西班牙思想录》（*Idearium español*, 1897）等，被视为西班牙“九八一代”的先行者之一。

堂吉诃德与桑丘的生涯（节选）

乌纳穆诺

堂吉诃德初离故土

"在炎热七月的一天，天还未亮，他没有通知任何人，也没有让任何人看见，全部武装，骑上驽骍难得……从院落的旁门来到了田野上。看到宏图初展竟如此顺利，他不禁心花怒放。"[1]仿佛在做什么不应该的事情，他从旁门溜出，奔向广阔的天地。这真是一个谦卑的典范呀！其实无论从哪个

[1] 本文中引述《堂吉诃德》中的段落除另注明外均引自刘京胜译本，译者据原文对一些字句有所调整。

门出去，都可以奔向世界，而定意要做大事的人，是不会为从何门而出踯躅不决的。

之后，他却陷入了自己不是骑士的窘境之中，他一向遵循传统，“打算让自己遇到的第一个人封自己为骑士”，他闯荡江湖，不是为了废去，乃是为了成全骑士道的法则和正义[1]。

难道这一幕不能使我们想起另外一位骑士的远行吗？

这便是基督的战士，伊纳爵·德·罗耀拉[2]，他在少年时代，曾经一心追求“超越同侪，获取勇敢者的名声和战士的荣耀”，甚至在其皈依之初，前往意大利之前，他还依然“被世间虚荣的诱惑所折磨”，在其皈依之前的日子里，他“好奇并喜欢阅读有关骑士的世俗书籍”。潘普罗纳战役后，他身负重伤，阅读了耶稣生平和诸圣徒的传记，从此便“荡涤了心灵，并希望效法他所读到的生活”。就这样，在一个清晨，将兄弟们的苦心劝告置之脑后，“在两个仆人的陪伴下上路”，他开始了在基督里的历险生涯。他秉持“成大事者的全部恒心和毅力，因为他视若榜样的圣徒们都曾踏上同样的道路”。以上引用出自佩德罗·里瓦德内伊拉所著的《伊纳爵·德·罗耀拉神父传》第一、三、十章，这本

---

[1] “不是为了废去，乃是为了成全骑士道的法则和正义”，典出《新约·马太福音》第五章第十七节耶稣的话：“莫想我来要废掉律法和先知，我来不是要废掉，乃是要成全。”

[2] 伊纳爵·德·罗耀拉（Ignacio de Loyola，1491—1556），耶稣会创始人。1521年在潘普罗纳（Pamplona）抗击法军的战斗中负伤。养伤期间阅读宗教书籍，决意献身修道生活。著有《神操》（*Ejercicios espirituales*）。

于1583年出版的卡斯蒂利亚语著作，是堂吉诃德书房中众多书籍中的一本，为他喜读，可惜在神父和理发师进行的检查中，一不留神被付之一炬。如果留意到这本书的话，神父一定会顶礼膜拜，倍加尊崇。塞万提斯没有提及，可见他们没有留意到这本书。

堂吉诃德决心让“自己遇到的第一个人”封自己为骑士。“他放心了，继续赶路，信马而行。他觉得是一种冒险的力量在催马前行。”他这样的信念是对的。他的英勇精神可以在这个或那个冒险中历练：上帝会引领他。就像耶稣基督本人，堂吉诃德一向是他的忠实门徒，任凭一路上的冒险接踵而至。这位神圣的教师正要去把睚鲁的女儿从致命的梦中叫醒，在路上却为一位患血漏的女人而停留[1]。此时、此地是最紧要的；我们的永恒和我们的无限就在飘逝的瞬间，在

---

[1] 《新约·马可福音》第五章第二十二至第三十四节：“有一个管会堂的人，名叫睚鲁，来见耶稣，就俯伏在他脚前，再三地求他说，我的小女儿快要死了，求你去按手在她身上，使她痊愈，得以活了。耶稣就和他同去，有许多人跟随拥挤他。有一个女人，患了十二年的血漏，在好些医生手里，受了许多的苦。又花尽了她所有的，一点也不见好，病势反倒更重了。她听见耶稣的事，就从后头来，杂在众人中间，摸耶稣的衣裳。意思说，我只摸他的衣裳，就必痊愈。于是她血漏的源头，立刻干了，她便觉得身上的灾病好了。耶稣心里顿时觉得有能力从自己身上出去，就在众人中间转过来说，谁摸我的衣裳？门徒对他说，你看众人拥挤你，还说谁摸我吗？耶稣周围观看，要见做这事的女人。那女人知道在自己身上所成的事，就恐惧战兢，俯伏在耶稣跟前，将实情全告诉他。耶稣对她说，女儿，你的信救了你，平平安安地回去吧。你的灾病痊愈了。”

我们所占据的狭窄处所中。

在人生的岔路口，他信马前行。如果他的心灵始终如一、坚定不移，这样做又会有什么损失呢？他来到世界，要铲除路上遇到的种种人间不平事，但却不曾有任何预先的计划，也未携带任何改革的蓝图。他离家远行不是为了实施事先筹划的规条，而是要像从前的游侠骑士那样生活。

他的榜样不是任何科学所能解释或构成的系统，而是由艺术创造并传讲的生命。此外还须说明一点，在那个时候还没有出现我们今天姑且称之为社会学的科目。

我们可以将“信马前行”这一行动看成一种对神谕的最深刻的谦卑和顺从。他没有像自大者那样去选择冒险行为，他什么都没做，任凭着马儿把他带上任何一条道路，信马由缰之时，畜生的心意取决于上帝的意志，而不是我们的自由选择。伊纳爵·德·罗耀拉也曾如此信马前行，我们今后会谈到他那次著名的远行。

堂吉诃德对神谕的顺从是其生命里最值得我们注意和惊讶的事情。他的顺从是一种完美，完美中的盲目，因为他从未停下来思考面临的冒险是否于己有利。他只是信马前行，就像罗耀拉所说，完美的顺从者应顺乎天命，就像老者手中的拐杖，或者如同一尊耶稣受难像，毫无困难地从一个地方来到另一个地方。

“这位冒险新秀边走边自言自语：‘有谁会怀疑呢？将来有关我的举世闻名的壮举的真实故事出版时……’”塞万提斯在书中记载，此时堂吉诃德还说了很多话。他的疯狂总围绕着一个中心，即渴求永恒的声名，自己的历险能够流传后世。对名声和荣誉的追求，是原罪的背景，也是他追寻宏图伟业背后深刻的人性根源，然而很自然，正是这罪的背景使他体现出深蕴的人性。所有的英勇或神圣的生命，无不追求荣耀，或短暂或永恒，或地上或天上。如果有人声称他是为了善而去追求善，不希望任何回报，千万不要相信。如果要这一切成真，除非他的灵魂像没有重量的身躯，只有表象的幻影。为了人类种族的存留和繁衍，我们被赋予男女之爱的天性。为了人性的丰富，我们才会有对荣誉的渴求。完美之中超越人性的部分与非人性相似，并深藏其中。

在骑士初离故土的一路呓语中，他第一个想到杜尔西内亚公主，她撵他，斥责他，残酷地命令他不得造访这位国色天香。荣誉在于征服，但却劳力费神，可怜的绅士，就像毛头小伙子一样迫不及待，走了一整天却“没有遇到半点值得记述的事情”，不由得十分绝望。好骑士，不必绝望！所谓英勇是坦然地面对迎上我们的事件，而不应该强迫它们到来。

就在荣誉征程的第一天即将结束之时，“他看到离路不远处有个客栈”，等他到达的时候，“已经日暮黄昏”。他在这个世界上最早遇到的人是“两位年轻女子，人们称之为风尘女”，在他的英勇征程上，他遇到的最初的人是两位妓女。但是，对他而言，她们却是“两位美丽的小姐或者优雅的贵妇人，站在城堡门口——当然这不过是个客栈——消磨时光”。来自疯狂的救赎大能力！在主人公眼中，风尘女变成了美丽的小姐。他的贞洁投射在她们身上，惩罚她们并也荡涤了她们。杜尔西内亚的洁净将她们覆盖，也拂净了堂吉诃德的双眼。

这时，一个猪倌吹起号角，围拢自己的猪，堂吉诃德认为是个侏儒在通报自己的光临，因此快步来到客栈和那两个女人面前。她们惊恐不已。她们所操持的贱业，带给她们的，除了恐惧，还会有什么呢？她们意欲躲进客栈，而堂吉诃德掀开纸壳做的护眼罩，露出他干瘦而又风尘仆仆的面容，“态度优雅、声音平缓”称呼她们为“小姐”。小姐！这词可真动听呀！然而，当她们听到他用如此“与她们的营生相距甚远”的词称呼她们时，“不禁大笑起来，笑得连堂吉诃德都不好意思了”。

这便是这位绅士初次出行的故事，别人用大笑回报了他的纯洁和天真，他的心灵试图将那着魔后的纯洁无瑕倾注到世上，却被这大笑拒绝了，这笑声足以杀死一切慷慨的愿望。大家看，这两个不幸的人儿之所以大笑，正是因为他给了她们这种至大的荣誉。他，满脸羞愧，斥责她们的愚蠢，她们越发笑得厉害，堂吉诃德生气了，这时候，客栈主人出来了，“因为他很胖，所以很和气”，并向他提供了住处。在客栈主人的谦卑面前，堂吉诃德也谦卑起来，他下了马。两位女子与他和解，帮他脱下盔甲。堂吉诃德把两位风尘女变成了小姐，疯狂拥有怎样的救赎大能呀！这两个女子虽然冷漠，不过可是世上第一个这么伺候他的人：

从来名媛待骑士
礼仪未能更周详[1]。

[1] 此处据董燕生译本。

想想抹大拉的马利亚，她洗净并膏抹了耶稣的双脚，并用她那陷于罪孽时被爱抚多次的头发擦净[1]；想想另一位荣耀的抹大拉，虔诚的特蕾莎·德·赫苏斯[2]，在《自传》第九章中向我们讲述，她将自己托付给那位圣女，求她为自己求得宽宥。

骑士宣告愿为可怜的女子效劳，并以此为建功立业的愿望，她们的不幸尚等待他去铲除。他对她们说："不过，今后定有机会听候阁下的吩咐。我的臂膀的力量将证明我为诸位效劳的愿望。"那两位女子"不习惯听这种辞令"，倒是

[1] 《新约·路加福音》第五章第三十七至第五十节："那城里有一个女人，是个罪人。知道耶稣在法利赛人家里坐席，就拿着盛香膏的玉瓶，站在耶稣背后，挨着他的脚哭，眼泪湿了耶稣的脚，就用自己的头发擦干，又用嘴连连亲他的脚，把香膏抹上。请耶稣的法利赛人看见这事，心里说，这人若是先知，必知道摸他的是谁，是个怎样的女人。乃是个罪人。耶稣对他说，西门，我有句话要对你说。西门说，夫子，请说。耶稣说，一个债主，有两个人欠他的债。一个欠五十两银子，一个欠五两银子。因为他们无力偿还，债主就开恩免了他们两个人的债。这两个人哪一个更爱他呢？西门回答说，我想是那多得恩免的人。耶稣说，你断得不错。于是转过来向着那女人，对西门说，你看见这女人吗？我进了你的家，你没有给我水洗脚。但这女人用眼泪湿了我的脚，用头发擦干。你没有与我亲嘴，但这女人从我进来的时候，就不住地用嘴亲我的脚。你没有用油抹我的头，但这女人用香膏抹我的脚。所以我告诉你，她许多的罪都赦免了。因为她的爱多。但那赦免少的，他的爱就少。于是对那女人说，你的罪赦免了。同席的人心里说，这是什么人，竟赦免人的罪呢？耶稣对那女人说，你的信救了你，平平安安地回去吧。"

[2] 特蕾莎·德·赫苏斯（Teresa de Jesús，1515—1582），即圣德兰，加尔默罗会修女，西班牙"黄金世纪"的神秘主义诗人，著有《自传》（*Vida*）《七宝楼台》（*Las moradas*）等。

听惯了下流粗话，因此“无言以对”，“只是问他想吃点什么东西”。笑声止息，两位变成小姐的风尘女觉得自己是母亲，问他是不是想吃点什么东西。“吃点什么？”塞万提斯给我们讲述的这些行为，隐藏着一个最单纯的柔情的秘密。这两位可怜的女人，懂得骑士内心深处童稚的灵魂和英勇的天真，所以询问他是不是要吃点什么。最先去照顾这个英勇的疯子的必然是这两位可怜的罪人。这两位变成小姐的女人，看到这位如此奇怪的骑士，在她们备受侮辱的内心深处，在她们深藏着母爱的心灵深处，一定会深受触动。她们感受到母性的情怀，看到堂吉诃德，便看到了一个孩子，她们充满母性地问他是否要吃点东西。感觉到母性，才有了女性的爱、恩慈和悲悯。以母亲的灵魂，两位风尘女询问堂吉诃德是否要吃些什么。看哪，他的疯狂使她们变得高贵，而所有的女人，在她们觉得自己是个母亲的时候，都高贵了起来。

他想吃些东西……“这副甲胄又沉又累人，空肚子已经受不了了。”正吃着，他听到了劁猪人的芦笛声，更确信“身处在一个著名的城堡，音乐是为他而奏，小鳕鱼就是大鳕鱼，面包是精白面的，风尘女是贵妇人，店主是城堡长官，由此断定他决心出征完全正确”。人们常讲，对于相信的人而言，任何事都是可能的，没有什么可以与信仰相比，它可以使粗硬面包变得松软可口。

“不过，令他沮丧的是他还没有被封为骑士。他觉得没有骑士称号就不能合法从事任何征险活动。”他决心成为骑士。

闽雪飞　译

堂吉诃德之路（节选）

阿索林

拉比切山口的客栈

当我离开拉比切山口伊希尼奥·马斯卡拉格客店的简陋房间时，正值早上六点。老佣工安德烈娅正在用一条没把的扫帚打扫厨房。

“您好！安德烈娅，”我和她打招呼，好像自己已经是拉比切山口的老住户了，“今天怎么样呀？干什么了？”

“您看，”她回答，“我就是这个劳碌命！”

然后，我问她是否认识堂何塞·安东尼奥先生，她吃惊地看着我，因为我竟然以为她会不认识堂何塞·安东尼奥。

“堂何塞·安东尼奥！”她不由得大喊起来，“他可是个大好人啊！”

我决定去拜访这位堂何塞·安东尼奥。住店的脚夫和车把式开始起身了；大车开出了院子。帕斯夸尔挑着一筐洋葱和一筐甜菜踏上了通往比亚鲁维亚的大路。塞萨雷奥拎着一只酒泵向勃洛切洛酒庄进发。拉蒙坐上装玻璃的车往曼萨纳雷斯去。村子渐渐苏醒了。天上几缕薄云慢慢散去；隐隐听得到山羊脖子上铃铛的脆响；有个猪倌走过，发出了几声吓人的长鸣。拉比切山口只有一条宽道，村里房子高高低低，里出外进的，有了许多曲曲折折弯弯角角。白色的宽道从中间穿过。村子坐落在高处，陡峭的山间的一处宽阔的盆地上，正当要冲，行旅往来，络绎不绝，于是渐渐形成了这个村落。

已经是早上七点了。堂何塞·安东尼奥家的大门敞开着。我走了进去，大声说：

“有人在吗？”

一位先生出现在又长又黑的走廊尽头。他就是堂何塞·安东尼奥先生，拉比切山口唯一的医生。在他摘帽致敬的时候，我注意到他粉红泛光的秃顶；他的眼睛很宽，炯炯有神；扁鼻子下面蓄着灰色的小胡子，没有髭尖。他总是笑眯眯的，那是一种独特的微笑，充满了善良和光明，充满了一种内在的、紧张的生命，也许是因为屈从，也许是因为深切的苦痛。

“堂何塞·安东尼奥，”必要的寒暄之后，我问，“堂何塞·安东尼奥，拉比切山口真的有堂吉诃德受封为骑士时住过的那间著名的客栈吗？”

堂何塞·安东尼奥微微一笑。

“那可是我的癖好。”他说，“那家客栈确实存在，或者说，存在过；我问过村里上了年纪的人，也收集了所有能找到的资料……”他看了我一眼，仿佛想求得我的谅解，“我还写了一些东西，待会儿您就能看到了。”

堂何塞·安东尼奥走进一间四壁素白的房间。屋子的一角有个炉子，不远的地方放着一只碗橱，屋子的另外一个角落里搁着一台缝纫机。缝纫机上面堆放着一些阔大的纸张。堂何塞·安东尼奥的太太靠着窗户坐着。

“玛丽亚，”堂何塞·安东尼奥冲她说，“把缝纫机上的那些纸给我拿过来。”

堂娜玛丽亚起身去整理缝纫机上的纸张。我对这些乡间的女人总抱着一种深深的同情，对举止得体的愿望使她们变得有些羞涩。她们总是穿着旧衣服，如果贫寒的家里来了什么不速之客，她们会因为瓷器的粗陋和家具的简朴而羞愧不堪，但她们善良、天真、简朴，渴望快乐，这让她们忘掉粗布桌布，忘掉盘子上的豁口，忘掉仆人的心不在焉，忘掉可怕的看门狗，它会在你们这些初次登门造访的朋友的裤子上留下牙印，而且怎么也不能把它从你们身边拽开。

“阿左林先生，”这位好大夫递给我一个很大的笔记本，“阿左林先生，请您看看鄙人这些消遣之作。”

我双手接过那个大本子。

堂何塞·安东尼奥接着说：“这是我自己搞的一份报纸。每星期我会亲手写些文章。周日，我把它带到俱乐部，让那儿的同伴们看看，之后我还要把它带回家，要不就收集不全了。”

堂何塞·安东尼奥为报纸写的文章大多是关于教育、卫生以及当地的新闻的。

“就在这份报纸上，”堂何塞·安东尼奥说，“我发表了刚和您说过的那些文章，不过，阿左林先生，您得亲自去看看那家著名的客栈，这可比读这些文章要有意义多了。您愿意我们一起去吗？”

“我们走吧。”我回答说。

我们走了出来。客栈位于村子的出口；村后的房子几乎和它连上了。我这么讲，仿佛那里真的有客栈一样，实际上，我的读者朋友，那个客栈已经不存在了。那里只是一片长满野草的平地。我们到那儿的时候，金色的阳光洒遍了田野。我注视着这片曾经是客栈的土地：庭院中碎石子地面残缺不全，断断续续；一个窄些的坑过去是井，另一个宽一些的坑曾是酒窖的入口。在院子深处，屋顶不见了，只剩下四面红墙，围成了一个长方形，经过日晒雨淋，虽然龟裂残缺，却岿然不倒。这间客栈占地很大，非常宽敞，面积有一百七十多平方米。客栈位于山口的高地上，面向大路。庭院、房间、大门、厨房，当年无一时不充斥着形形色色的旅客。山口的一面朝向托莱多，另一面朝向拉曼却的土地。阿尔卡马西亚的宽阔大道直通到客栈门口。旅人也夜以继日造访阿尔卡米西亚村，从这里，他们奔向四面八方。“阿尔卡米西亚村地处巴伦西亚、穆尔西亚、阿尔曼萨和叶克拉之间的官道上，为四省通衢。”1575年，这里的居民在呈予费利佩二世的文件中这样写道。人们现在明白了为什么隐居在穷乡僻壤的堂吉诃德能搞到那么多骑士小说吗？不正是那些从马德里或者巴伦西亚来的好心人给这位乡绅捎来了那些书吗？也许在与这位幻想成为骑士的人聊天之后，旅客们疲劳顿消，作为对他的那些奇思妙想的回馈，他们很高兴地留下了一本《阿马迪斯》或者《白骑士蒂朗》。在这间位于拉比切山口的客栈里，塞万提斯无数次在这里逗留，三教九流，形形色色，或高贵或卑微，什么样的人他不曾在这里遇见？他不是常常从他深爱的拉曼却故土前往托莱多去吗？他的爱人不是在托莱多的爱斯基维阿思小镇吗？他不也在这间客栈里歇一歇脚，混迹于浪荡子、风尘女、吉普赛人、法官、士兵、兄弟会会员、教士、商贩、走江湖的艺人和演员之间吗？

我在客栈庭院中徜徉，陷入了沉思：那个月夜，堂吉诃德就是在这儿守护着自己的铠甲。

“阿左林先生，您觉得怎么样？”堂何塞·安东尼奥问我。

“非常好，堂何塞·安东尼奥。”我回答道。

远处平原上笼罩的雾霭慢慢散开去。一座黑色的山兀立在客栈的前方，山坡上种满了橄榄树，客栈后面是另一座山，两座山宛如城墙。离开的时间到了。堂何塞·安东尼奥陪我走到了公路。他还在病中，一直深受慢性病的折磨，他知道这病无法痊愈；剧烈的病痛一点儿一点儿地炼净了他的性情，他的生命如今都呈现在他的眼睛和他的笑容中。我们互道再见。或许我再不会踏上这方土地。我远远望着，看这位仅认识了一个小时的朋友是如何消失在大路的白色尽头，今生恐怕再难与他相见。

闵雪飞　译

关于吉诃德的沉思（节选）

何塞·奥尔特加·伊·加塞特

悲喜剧

小说这一文类无疑是喜剧性的。我们不称它是幽默的，因为在幽默的借口后面隐藏着许多妄语。在此只简单地借用诗化的表意，它存在于悲剧性身体被惯性的力量、现实的力量所降伏后的疾速坠落之中。如果执意强调小说中的现实主义，也当明察在所谓的现实主义中隐藏着现实以外的东西，正是它使得小说达至本与自身无缘的诗化力量。由此或可以表明，现实主义的诗意元素不在于表面的现实，而在于驱动理想的陨石的吸引力。

小说的最高线索是一出悲剧；缪斯从那里按着悲剧的方式下降。悲剧性的线索是不可避免的，必然要组成小说的一部分，即使只是极微妙的轮廓将小说限定。因此我以为，不妨沿用费尔南多·德·罗哈斯为他的《塞莱斯蒂娜》所起的名称：悲喜剧（*tragicomedia*）。小说是悲喜剧。或许在《塞莱斯蒂娜》那里使这一文类的演化产生了危机，也使其进一步成熟，以至于在《堂吉诃德》中获得完全的展现[1]。

当然悲剧线索有可能大为扩展，直到在小说中占据与喜剧材料相仿的篇幅和比重。一切比例和变数都无不可。

将小说看作悲剧与喜剧的综合，便实现了一个奇异的愿望，这一次不加阐释，让柏拉图直接出场。那是在《会饮篇》，清晨时分，欢宴者都沉醉于酒神的琼浆，东倒西歪，狼藉一地。亚理斯脱顿在昏沉中醒来，那时“鸡已经叫了”；他看见只有苏格拉底、阿伽通和阿里斯托芬还醒着。他记得三个人在进行一场艰深的对谈，苏格拉底在说服另外两人，年轻的悲剧作家阿伽通和喜剧作家阿里斯托芬，要他们承认悲剧诗人和喜剧诗人不该是两个人，诗人应当集二者于一身。

关于这一点，还没有令人满意的阐释，但我每次读到都不禁推想，柏拉图这位后世学艺的滥觞，在此处播下了小说的种子。苏格拉底在《会饮篇》清冽晨光中的风姿，我们不难在日后的堂吉诃德身上找到：是英雄，也是疯子。

范晔　译

[1]　《塞莱斯蒂娜》（*La Celestina*）是费尔南多·德·罗哈斯（Fernando de Rojas，1476?—1541）所著的一本奇书，当年以《卡里斯多和梅丽贝娅的悲喜剧》（*tragicomedia*）流传，介乎戏剧和对话体小说之间，讲述了这一对青年男女的爱情故事，塑造了“拉皮条的女人”塞莱斯蒂娜的经典形象，对后世西班牙乃至欧洲文学影响深远。

何塞·奥尔特加·伊·加塞特（José Ortega y Gasset，1883—1955），西班牙哲学家。著有《艺术中的非人性化》（*La deshumanización del arte*）《无脊骨的西班牙》（*España invertebrada*）和《大众的反叛》（*La rebelión de las masas*）等。《关于吉诃德的沉思》（1914）是他的处女作，日后的许多重要观念在这本薄薄的小书中都已初见端倪。

纪念《堂吉诃德·德拉·曼却》三百周年

胡安·拉蒙·希梅内斯

公众往往爱为那些伟大的作家附会出一个神话，其中的一些要素大多是作家自己所未曾想到的。对某个作品发表些无根据的评论，人们不求进一步的了解，只满足于喧嚷，在书页庄严的空白处添上浮泛无用的装饰。书页的空白在发问——我不知道这话出于何人之口。这话很美，不过那提出的问题是为灵魂而发，为心灵的梦想而发，却不是为繁缛的考据而发。

比如在堂胡安·巴莱拉[1]那里，我们找到一个明显的例子

[1] 胡安·巴莱拉（Juan Valera，1824—1905），西班牙作家、评论家，小说《佩比塔·希梅内斯》是其成名作。

来说明我的想法：堂胡安·巴莱拉是位文采斐然的作家，他冷静，或许还有人要赞为精致，可那精致是一种无灵魂的劳作，只为了满足手笔的愉悦。我们不厌烦地赞誉堂胡安·巴莱拉是位完美的嘲讽家，他精妙，他典雅，他有着神奇的技艺和迥异凡俗的品位。我们所有人都如出一辙地重复着。这就是神话。就其实质而言，堂胡安·巴莱拉不过是一位梅嫩德斯·巴尔德斯、尼卡西奥·加耶科一流的品位平庸的评论家，一位不擅小说的小说家，一位技艺精湛、愉人眼目的作者。当有了现成的题材，有灵魂提供给他，他能够在别人留白的地方以杰出的文体完美地粉饰。朗戈斯[1]的牧歌便是这样完美地被他译成了我们的卡斯蒂利亚语。然而他自己的作品中缺少光彩：《佩比塔·希梅内斯》和《门多萨的骑士团长》或许是他作品中起头最好的两部——可你们也看到，从第二章起小说家便死了，余下的只是精善文辞的写手。

然而人们已习惯于这神话，没有人肯去减损那桂冠上的花朵。

我说这些——只是个例子——正因为人们为着这次堂吉诃德三百年纪念，又在重复一直以来的套路，说什么《堂吉诃德》是一部嘲讽的书，桑丘是粗鄙的现实，堂吉诃德是神圣的梦想，塞万提斯这部书正是古老西班牙家邦的象征，堂米盖尔用它埋葬了旧日的骑士小说……我冒昧地思忖，这一

[1] 朗戈斯（Longo），古希腊作家，巴莱拉翻译过他的《达夫尼斯和赫洛亚》。

切都是为这西班牙小说大家所作的神话。或许有人会说，我刚刚非议过那些评论家，自己就要步其后尘。若是我像那最高明的考据家一样，放纵自己的想象，就请原谅我这一次吧。我想说：几乎可以肯定，在写这部奇妙的小说的时候，堂米盖尔·塞万提斯所想的根本不是人们所说的那样；我无法相信他会去攻讦那些高贵的骑士小说，更不会拿祖国理想浪漫的灵魂来嘲弄。若是一本书可以在它的书页间展示诗人的幻梦，那么《堂吉诃德》所展示的便是塞万提斯思想中伟大的天才和至高的简朴。塞万提斯在生命中看到可惊奇的元素；这光照亮了他的书，一部由片段组成的大书，一桩地上的艰巨事业。这在西班牙文学中不乏先例，若是我没记错，塞万提斯自己在提到《塞莱斯蒂娜》时便称那是一本神圣的书。

这部曼却小说中阔大的真实是大自然的真实，然而也带着天真，全无人们所说的嘲讽。

这一切有一点可以证明，那就是《吉诃德》是随着峰回路转的需要由片段连缀起来的。

整个故事都包含在最初的几个章节里：当写到堂吉诃德第一次回到故里，故事大可收结，接下来的都是这一序曲的演化。这位曼却士绅的出行本可以成为又一部“警世小说”[1]；塞万提斯让堂吉诃德选了桑丘来让这奇书增长，又平

[1] “警世小说”：塞万提斯著有一部《警世小说集》（*novelas ejemplares*）（1613）传世。

添了许多波折以及两部嵌入的小说，这样文外生文，成了这本大书。我再次强调，谁也比不上我这般敬仰这本兼备敏锐和节奏的大书，它灵性的高妙，词语新生的疯狂，都印在我的心上。因着对塞万提斯这部奇书的赞美，我不禁要发问：

为什么我们不能满足于对艺术品的喜爱？为什么非要剖析，非要平白地添上和除去许多东西？一件艺术品，就像一件大自然的造物，她的魅力不在自己之外：芬芳之于花朵，清冽叮咚之于泉水，眼波亲吻之于女人。她们便是这般自辩。

对一本书所能做的最高赞颂乃是把它紧紧抵在胸口；像对待一朵花、一眼泉、一个女人；为的是帮助身体登上峰巅。书籍不过是为生命赋予梦想。因而，为勒班陀的堂米盖尔[1]我们所能献上的最好的敬礼便是馈赠他的书，页边不做提示，也不做征引，因一切已经用色彩、用音乐、用光说出，任每个人用自己的微笑和眼泪来阐释。

范晔 译

---

[1] “勒班陀的堂米盖尔”：指塞万提斯，他曾参与1570年对土耳其人的勒班陀（Lepanto）海战，左臂受伤致残，赢得“勒班陀的独臂人”之尊称。

余韵 CODA

被译

阿索林

X与Z是两位作家。X是一种气质，Z是另一种。他们交谈，陈述各自的见解：

X：您不想让自己的作品被翻译吗？

Z：我从没想过。我没有这样的奢望。

X：翻译会带来声誉；能让作家在国内外都受到尊敬。

Z：受到尊敬？有可能；不过这对于他的本质——我们姑且这么说——他的内心，作家对自身的自觉，又有什么助益？

X：您开始跑题了；我们谈的不是这个。

Z：不论说的是什么，说到底，每个作家都只做他以为合宜的事。

X：那么您以为翻译您的作品不合宜吗？

Z：我不常回复那些请求翻译授权的信件。我觉得在外国，在不说卡斯蒂利亚语的地方，不会有人对我的书感兴趣。

X：悲观！厌世！丧气！

Z：不，我说真的。我的书太西班牙了——就算它们还值得一读的话。

X：正因为很西班牙，太西班牙了，人们才会有兴趣。

Z：在这种情形，太过西班牙的意思是，采集西班牙的魂魄；那调子微妙，无法估量。而这些，在变成另一种语言的时候就消失了。这里的西班牙不是入画的风土，不是奇异多彩的生活。西班牙是孤寂旷野上的黄昏，抑或一缕阳光透过窗棂映在粉刷过的房间；抑或钟声遥遥萦回在一座古老的城市；抑或一位沉思的路人，行走在那些"古道"中的一条；抑或一个伏案写作的年轻人，忽然停了下来，手臂支着脸颊；抑或一位美妇人，在她生命的日暮——在她韶华的日暮，独自一人，在夜间，灯火辉煌的外省宫室。

X：看您都绕到什么荒郊野地里去了！

Z：不错，我的风景不是旅游的风景——心灵的风景；是荒郊野地，是孤独和噤默的风景，其间什么都不曾发生。在我的书里什么都不曾发生。

X：在那位大诗人的《贝蕾妮丝》[1]里也同样什么都不曾发生？

Z：什么都不曾发生；可是被翻译的《贝蕾妮丝》怎么样

[1] 此处似指法国作家拉辛的《贝蕾妮丝》（*Bérénice*）。

呢？被翻译，就像在吃——对外国人来说——无味的干粮。语言呢？每种语言的独到之处呢？斯巴尔比[1]早就证明《吉诃德》中的许多段落是无法翻译的。

范晔　译

[1] 斯巴尔比（José María Sbarbi y Osuna，1834—1910），西班牙神父、语文学家、管风琴演奏家。撰有《神学家塞万提斯》《吉诃德之不可译性》及十卷本的《西班牙谚语大全》等。

给李白的信（节选）

何塞·克雷多-马特奥斯

在古时候
画家创造
另一个自然
从未有人见过的自然。
春天生长
在冬天里。
你微笑着，创造
无用的美好。

没有任何理由
悲伤。
没有任何理由

悲伤
或快乐。
没有任何理由做任何事。
你就这样幸福吧。

我知道那是一座山
因为它在飞翔，
因为它从未静止，
游移不定
在天与地之间。
我知道那是一座山
因为它无须
知道我在这里，
原地不动，望着它。

我的身体是那棵树，
一座山与那条河。
没有人，没有人了解，
只有我，把它忘记。

如果这首诗
是你写下的最后一首
难道就因此
更有价值？
所有的诗都是唯一

被你的死亡聆听
带着同样的快意，
同样的厌烦。

你已毫无兴趣
写更多的诗，
于是请求万物
替你写诗，
而你安心倾听
一整个晚上。

有种方式
将无穷
倒满一个水罐，
地平线和风
一同生长，
当下午结束
而终末的夜
尚未开始。

范晔　译

何塞·克雷多-马特奥斯（José Corredor-Matheos，1929—），西班牙诗人、艺术评论家、翻译家、圣费尔南多皇家美术学院通讯院士。诗集《无知的天赋》曾获西班牙国家诗歌奖（2005）。